転生幼女はあきらめない

~Reincarnation's little girl never gives up~

5

カヤ

イラスト 藻

CHARACTER

リーリア

キングダムの四侯、オールバンス家の娘として生まれた転生者。トレントフォースからの帰還後、ニコの学友として王城へと通っておいる。2歳になった。

ルーク

リーリアの兄。愛らしいリーリアをひと目見たその日から、守ることを決意する。リーリアがオールバンス家に帰ってきてからは、より一層深い愛情を示す。

ニコラス

キングダムの王子。癇癪もちと思われていたが、王城に遊びに来たリアによりその原因が魔力過多であることがわかり、本来の素直でまじめな性格に戻る。

ディーン

オールバンス家の当主でリーリアの父。妻の命と引き換えに生まれたリーリアを疎んでいたが、次第に愛情を注ぐようになる。今では完全に溺愛している。

ギルバート

リスバーン家の後継者。ルークとウェスターを訪れた。アリスターは叔父にあたる。

アルバート

キングダムの第二王子。跡継ぎの兄を支えるべく各地に赴き見聞を広める。ニコに愛情を示す。

クリス

レミントン家の次女。リアとニコとは友達。ニコの勉強相手として王城へ通っている

ハンス

リーリアの護衛。元護衛隊の隊長だったがディーンにリーリアの護衛として雇われた。

ナタリー

キングダムへと戻ってきたリーリアに付いたメイド。早くに未亡人となり自立の道を選ぶ。

ネヴィル

リーリアの祖父。亡くなったリアの母・クレアの父であり、キングダム北部領地の領主。

OUTLINE

MAP

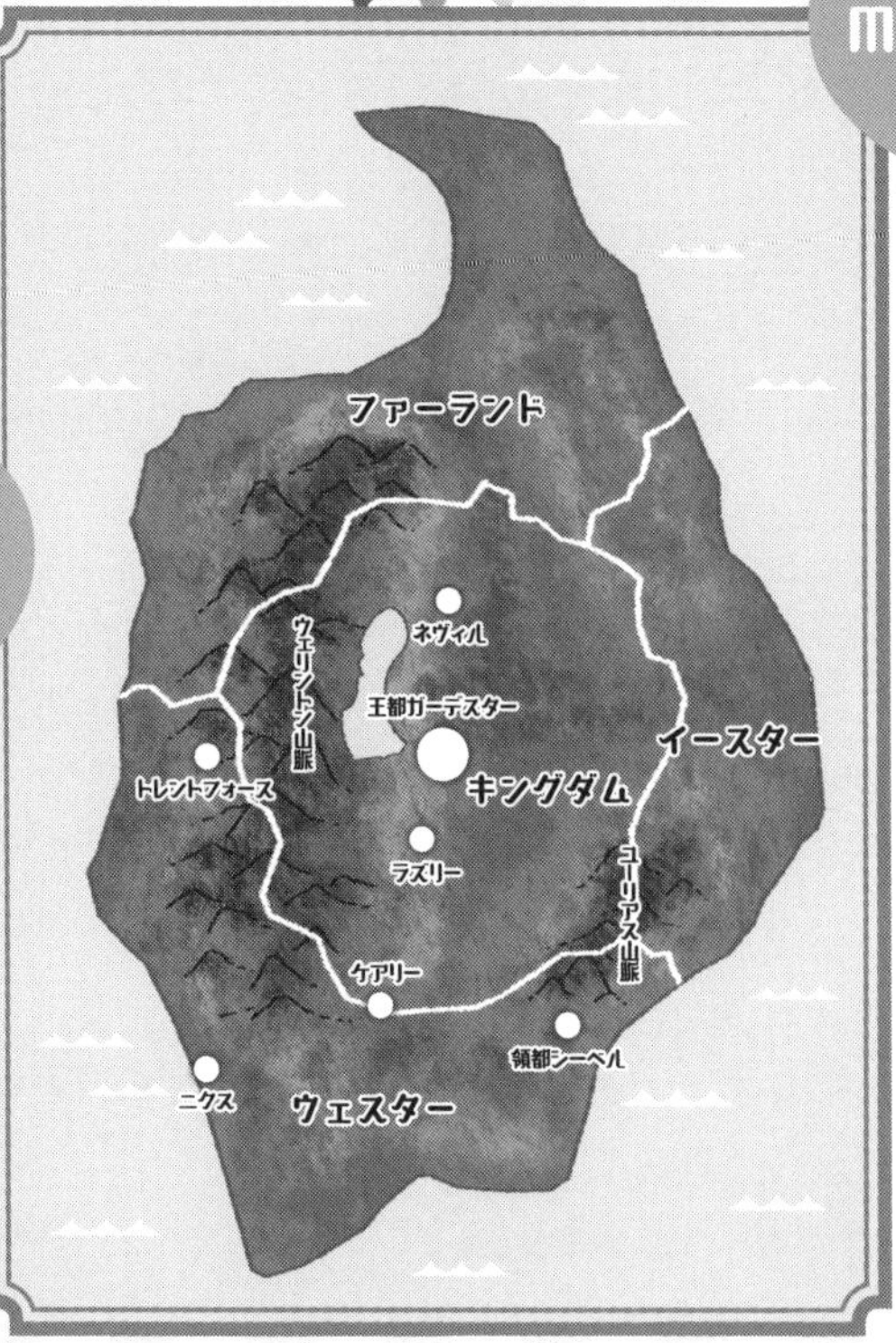

あらすじ

トレントフォースでの日々が終わり、家族のもとへ戻ったリーリアは、キングダムの王子ニコラスの遊び相手として王城へ通うことになると、王城で遊びや勉強を通してニコラスと仲良くなっていく。

そして二歳になったリーリアは無事お披露目パーティを迎えた。お披露目会では祖父ネヴィルと対面を果たし、ラグ竜をプレゼントされたリーリアはラグ竜に〝ミニー〟と名付け可愛がるのであった。

その後、キングダムの第二王子アルバートのお見合いの地へと同行するニコラスの教育係として指名されたルークとギルバートとともに、リーリアも祖父が統治するネヴィル領へと向かう。道中、心躍る広大な草原に美味しい特産品の数々、そして虚族との遭遇――これまで経験することのできなかった多くの経験をしていくニコラスたち一行。こうして目的地であるネヴィルの屋敷へと辿り着くのであった。

-もくじ-

プロローグ

お母様

ガタガタと少し揺れる竜車の窓の外は、冬の枯れた草がなびいていて寒々しい。しかし竜車の中の私たちは、気の置けない人と過ごす楽しい気持ちでいっぱいで寒さとは無縁だった。

竜車に飽きたら、かごに乗せてもらって竜に直接乗ればいいし、そんな時は寒さなど気にならないくらい楽しい。

怖いことも楽しいこともいろいろあったコールター伯の屋敷を出て、上機嫌のラグ竜と共に北部のおじいさまの屋敷に向かう途中である。少し素直になったアルバート殿下は、休憩の間もニコと遊んだり話したりして楽しそうだ。その様子が何より嬉しい。

ニコを取られたようで寂しくないかって？　私には兄さまがいるから全然問題ない。しかも仲良しのギルも一緒だ。

王都でも兄さまは寮にいて週末しか一緒にいられないので、何かと理由をつけては側にいるようにしているのだが、普段だって特に何をしなくても楽しい。側にいて歌ったり踊ったりしているだけでもいい。まして旅行中となればなおさらだ。家族とはいいものである。

「ふんふんふーん」

「その奇妙な動きは一体なんだ？」

ギルはしばらく私を眺めてぽつりとつぶやいたのだが、失礼ではないか？　私は一生懸命説明してあげた。

「たのちいきもちでしゅ」

「楽しい気持ち」

ギルは腕を組んで首を傾げている。私はもう少し詳しく説明してあげた。

「もうしゅぐおじいしゃまのおうち」

「ネヴィル伯の家に行くから、楽しみなのか」

「あと、にいしゃまといっしょ」

それがこの流れるような楽しい踊りに表されているのである。兄さまは私の言葉に満足そうに頷いた。

「リアの気持ちが詰まった愛らしい踊りです」

「お前の目はおかしいのか」

にこやかな兄さまと比べてギルはまったくなっていない。私はかわいそうな気持ちでギルの方を眺めた。

「なんでおかしな踊りを理解できない俺が一番の間抜けみたいな目で見られるんだ。納得できないぞ」

「修行が足りないのではないですか」

「なんでだ」

兄さまがニコニコしているのならそれでいい。

しかし、物事はなかなかすんなりとは動かないものだ。おじいさまの屋敷につく大分前に、屋敷から早馬ならぬ早竜がやってきた。先に知らせておきたい問題があるというのである。

どうしたのかと聞きたい気持ちを抑えて、私は兄さまたちが話を聞いてくるのをおとなしく待って

いた。決してニコと一緒に枯草を棒で叩くのが楽しかったからではない。

「リア、枯れ草が頭に付いていますよ」

兄さまが話しかけてきた時には息が切れるほど走り回っていたが、早竜のことはちゃんと頭の片隅に置いてあった。

「おじいしゃまのおうち、なにかあった？」

ほら、すぐに反応できた。だから疑わしそうな顔をするのはやめてもらいたい。

「どうやら、ファーランドから予期せぬ客人が来ているようなのです」

すっかり忘れていたが、北部へは、アルバート殿下のお見合いに来ているのだった。ということは、お見合い相手の他に誰か来ているということなのだろう。

「あるでんかの、おあいてのほかに？」

「どうやら貴族の子息たちも来ているようなのです。年からいって、ギルと私、もしかするとニコ殿下にということでしょう。もっとも、女性ではなさそうですが」

それならば私は関係ないだろうと、私はちょっと安心した。この前の貴族の屋敷でも私にはお相手はいなかったし、今回ファーランドからの客人も最年少は六歳だというから、特に何もしなくてもいいだろう。

兄さまやギルは人当たりがいいし、皆が交流している間に、私はお母様の気配がわかるものを見せてもらう予定なのだ。実家なのだからきっと肖像画もあるだろうし。

そんな楽しみを胸に秘めて、もうすぐおじいさまの屋敷というところまで来た。竜に乗って登場というわけにはいかないので、屋敷のしばらく前できちんと竜車に乗り換える。

私はわくわくして兄さまを見上げた。

「おかあしゃまのえ、ありゅ？」

兄さまは去年ここに来ているから知っているはずなのだ。

「クレアお母様の絵なら、こないだ行った時にはいくつか飾ってあったと思います。特に階段の踊り場のところに、よく見えるようにと一枚飾ってありますから、まずそれを楽しみにしておくといいですよ」

「たのちみ」

おかあさまはどんな顔をしているんだろう。

「花を抱えて笑っている絵なのですよ。色あいこそ違っても、本当にリアにそっくりで」

兄さまは目を細めて遠くを見るような顔をした。

「確かにな。早春のハルマチグサの小さな花束を抱えて微笑んでいて、どんなにはかない人かと思わせる絵なんだが、リアの母親だと思ってからもう一度見ると、いたずらな人に見えてくるから不思議だよな」

そう言えばギルも去年の夏、兄さまと一緒におじいさまの屋敷に来たことがあるのだった。それにしても、やはり失礼な発言のような気がする。

そんな話をしている間に、やがて竜車は平原の真ん中にポツンとたたずむ大きな屋敷に近付いていく。よく見ると、屋敷だけがあるのではなく、屋敷から少し離れたところに等間隔に四つ、塔のようなものが立っている。そしてその塔のあたりから手前に町が広がっているようだ。

「にいしゃま、あれは？　よっつありゅ」

「よく気がつきましたね、リア。あれは物見の塔だそうです。平原で、屋敷や町の周りに囲いを作ることができないため、遠くを見張るために作られたのだとか。今でも交代で四方を見張っているそうですよ」

それはかっこいい。そして町の入口から屋敷までは広い一本道だ。縦横に碁盤の目のようにきれいに道が作られており、その両側にはたくさんの家が並んでいるし、人の行き来も多い。

「このあたりの中心の町です。王都ほどではありませんが、にぎわっていますよね」

「ファーランドとの交易の中継地点のようなところだからな」

二人は私にもわかるようにわざわざ説明してくれている。

「今は急ぎますが、滞在の間に、領民に一度お披露目のパレードがあるかもしれません。私たちはともかく、非公式とはいえ王族の訪問はとても珍しいことですからね」

アル殿下はいいとして、ニコは大変だなあと他人事のように思う私であった。

町を抜けると、広場のような前庭があり、そしておじいさまの屋敷が立っていた。

「おおきい」

「うちと変わらぬほど、いや、うちよりも広いのではないでしょうか」

「北の国境の領地を守るためなんだろうな」

もう少し大きくなったら、キングダムの歴史も習うだろう。コールターのお屋敷はそんなに大きくないのに、領主としては同格のおじいさまの屋敷がすごく大きいのはなぜなのか。なんだかいろいろ学ぶことはありそうだ。

そして先に降りた兄さまに支えられて竜車を降りると、そこには屋敷の人たちと思われる人に加えて、明らかにファーランドの人たちだろうと思われる年若い一団が待ち受けていた。

「これは面倒ですね」

兄さまが小さな声でつぶやいた。アルバート殿下はともかく、兄さまたちは特に何も予定が入っていなかったはずである。ということは、あの一団の一部は、ギルと兄さまが担当することになる。事前に知らせがあったとはいえ、やはり厄介な気持ちなのだろう。

「アルバート殿下のお相手が二人、いや、一人はギルにでしょうか。おそらく四侯の我らに合わせて同世代二人、ニコ殿下とリアに合わせて二人。さすがに幼子はいませんか」

「りあにも？」

私はびっくりして兄さまを見上げた。兄さまは困ったように私を見て、なだめるように言った。

「ニコ殿下に二人かもしれませんね」

その兄さまの努力を無駄にするかのようにギルが茶々を入れてきた。

「一〇歳程度の年の差は貴族ではよくあることだから。ほら、リアに一〇歳足したら一二歳まではいけるってことだぞ」

「ギル。現実を持ち込まないでください」

兄さまがそんなギルに嫌そうな顔をする。だが、ギルの言うことは本当に現実味があった。

「おそらく、将来、『一度リア殿とは顔を合わせたことがあります。小さくて覚えていないかもしれませんが』と言わせるための布石だろうなあ」

「それを言ったらギルだって同じですよ」

「藪蛇だった」

肩をすくめるギルには、もう婚約の話がたくさん来ていると兄さまから聞いている。こんなふうに出会いが設定されることにも慣れているのだろう。ちなみに兄さまにはそんな話はまだほとんどないそうだ。

うっかり若い人の一団に気を取られていたら、大人の挨拶が始まっていた。

おじいさまにお帰りの挨拶をするとすぐにアル殿下とニコ殿下を丁重に迎えたのは、きっと私のおじさまとおばさまに違いない。おじさまはお父様よりは年上で、おじいさまにそっくりの茶色い髪と茶色い目をしており、厳しい顔つきながらも口元にはユーモアを感じさせる。おばさまは明るい金髪に濃い青色の目の落ち着いた人だ。

そのままファーランドの一行の紹介を屋敷の者に任せたおじさまは、おばさまにたしなめられながら、走るようにこちらにやってきた。

「ルーク！　ギル！　よく来たな！　そしてこれが、おお」

兄さまたちに声をかける間も惜しむかのようにしゃがみこんで、私と目を合わせた。

「クレア。クレアだ。本当によく似ている」

そして口元を震わせてお母様の名前を繰り返した。

オールバンスの屋敷では、お母様の話はほとんど聞いたことがない。寂しがらせるからと、お父様があえてお母様の気配を感じさせないようにしていたと聞いたが、そのお父様の告白からまだそれほどたっておらず、結局お母様のことはよくわからないままなのだ。

だから今回、お母様のことを知るのをとても楽しみにしていたのだ。そしておじさまの反応からも、すぐに追いついておじさまの後ろで思わず口に手を当てて目に涙をためているおばさまからも、お母様が愛されていたんだなあということは伝わってきた。ここで私自身のアピールもせねばなるまい。

私はちゃんと顔を上げると、お披露目の時のようにほんの少し膝を曲げた。

「りーりあ・おーるばんすでしゅ。りあとよんでくだしゃい」

ほら、ちゃんと挨拶できたでしょ。私は胸を張ってふんと鼻息を吐いた。するといきなりグイッと抱き上げられ、たちまち視界が高くなった。

「リーリア、いや、リア。なんてかわいい子なのか。幼い頃のクレアにそっくりだ」

私をしっかりと抱きしめ、揺らすおじさまの声はやっぱり少し震えていた。

「あなた。私だってクレアの子にちゃんと挨拶したいわ」

ずるいでしょという副音声が聞こえてきそうな言葉は、隣にいるおばさまだ。おじさまは私をぎゅっと抱きしめるとしぶしぶ地面に降ろした。おばさまはスカートが邪魔でしゃがみこめなかったけれども、優しい目をして私に手を伸ばした。

「グレイス・ネヴィルよ。クレアとは仲良しだったの」

「おかあしゃまと」

「そう。お利口ね。クレアがお母さまだと、ちゃんとわかっているのね」

そうつぶやくと、私をそっと抱き上げて腰に乗せた。私は素直に一番の望みを言った。

「おかあしゃまのえ、みたい」

「まあ。オールバンスの家にはなかったの？」

おばさまは驚いたようだ。

「もちろんありました。でも姿を知らなければリアが寂しがることもないだろうと、お父様が最初から見せずに隠してしまったのです」

兄さまが正直にそう伝えた。

「あの男はまったく。クレアを会わせてしまったのが失敗だった」

いやいやいや、おじさま。私の前で言ってはいけないことだよね？

でも、人とのつながりでは微妙に失敗の多いお父さまだから、それを否定できないのは事実なのである。私はちょっと困って兄さまを見たら、兄さまも微妙な表情で私の方を見た。

そういう人だものね、お父さまは。兄さまと思いが一致した瞬間だった。

「リアはこんなにクレアにそっくりなのに、ルークともよく似ているのね。そしてルークはディーンにそっくり。人の血のつながりって、不思議ね。リアとルークを通して、二つの家がつながっているのね」

おばさまが私と兄さまを見比べて感心したような声を上げた。

「とりあえず、階段のところにクレアの絵があるから、後で見に行きましょうね」

「あい！」

楽しみなのである。

「ルーク、ギル！　一応リアも、こちらに来なさい！」

一応とは失礼な。しかしよく考えたら、暢気に親戚と交流している場合ではなかったのも確かだ。私たちはアル殿下に呼ばれてファーランドの一行のもとに向かった。私は幼児なので優しいおばさまに抱かれて行こうと甘えたことを考えていたが、それは駄目だったらしい。そっと地面に降ろされてしまった。

仕方なく、兄さまと手をつないでてくてくと歩いていく。

兄さまの言っていた通り、フェリシアと同じか少し年上くらいのお嬢さんが二人、兄さまとギルよりそれぞれ少し年上と思われる少年が二人、そして、六、七歳くらいの男の子が二人、寒そうな顔もせず立っていた。さすがキングダムより北の国、ファーランド出身である。

「寒いんだから、よちよちしてないで早く来いよ、いてっ！」

一番小さい子が素直な気持ちを表して、兄さまよりちょっと大きい子に拳骨を食らっている。上品な貴族のお坊ちゃまに見えたが、案外武闘派なのかもしれない。しかしまず自分でちゃんと言っておこう。私は兄さまの手を離すと、腕を組んで胸を張った。

「よちよちてない！」

「おまえ……」

「おまえじゃないもん。りあでしゅ」

私はふふんと言う目でその男の子を見た。自己紹介だってできるんだから。

「なんだよ。うでだって組めてないくせに、いたっ」

再び鉄拳が落ち、あたりに微妙な空気が漂った。

「ぷっ」

珍しく兄さまがほんの少しだが噴き出した。その声をごまかすかのように兄さまが、そしてギルが前に一歩出た。

「初めまして。キングダムへようこそ。私はギルバート・リスバーンです。ギルと呼んでください」

まず年上のギルからの挨拶である。

「私はルーク・オールバンスです。そして妹の」

兄さまが優しく私を見て、背中にそっと手を当てた。

「りーりあ・おーるばんすでしゅ」

これでどうだ。私はますます胸を張った。

「あーあ、リア様、ひっくり返っちまう」

ハンス、いくらなんでもひっくり返らないから。

「なるほどね。ウェスターで生き延びた四侯の幼子がいたというのは本当の話なんだな」

顎に手を当てて面白そうにこちらを見ているのは、鉄拳を下していたほうではない少年だ。ギルと同じ、身長だけで言えば大人に近いが、線が細くまだ幼い顔だちをしている。

兄さまが守るように私の前に出た。

「失礼した。私はロイド・スティングラー。こちらは弟のジェフ。うちの領地はウェスターとの境界なんだ」

キングダムにも多い濃い色の金髪に淡い緑の瞳をした兄弟に向かって、兄さまは眉を上げた、と思う。私からは背中しか見えないが、兄さまのやりそうなことはわかる。私は兄さまの後ろからそっと顔を出して様子をうかがった。

「なるほど。トレントフォースの町に四侯の娘がいたことはファーランドには伝わっていたということなのですね。いったいいつ頃のことなのでしょう」

ただでさえ寒い外の空気がさらに下がった気がする。私がさらわれたのを最初から知ってたのではないかという、兄さまのジャブである。

「おいおい、ただの挨拶だぜ。そんなにまじめに受け取らなくても」

ははは、と笑い飛ばすこの人は兄さまの嫌いなタイプだと思う。しかし空気を読んだのかもう一組の兄弟が慌てて前に出てきた。正確に言うと、弟を引っ張って兄が出てきたというところだ。

「私はジャスパー・グレイソン。こっちが弟のローク。私たちの領地はファーランドの北の端の領地、つまりこの大陸の最北端なんだ」

私は大陸の地図を思い浮かべた。確か北の端は尖っていて、海に囲まれていたはずだ。ということは、つまり。

「おしゃかな、いっぱい」

ウェスターの南の港町はお魚がおいしかった。きっと北の港町のお魚もおいしいに違いない。

「そうだよ。北の領地は漁業が盛んなんだ。すごいな。よく勉強しているね」

感心したようににこりとしたジャスパーとその弟は、黒髪に緑の瞳だ。なんとなくギルとアリスターの兄弟に似ているような気がした。

「そしてこちらがシエナ・ハルフォード。ネヴィルと接する領地のお嬢さんだ。そしてこちらが」

とりあえず紹介を終わらせてしまおうと思ったのだろう。アル殿下が割り込んできて、そっち側にいた女性二人を紹介してくれた。

「テッサ・ファーランド。ファーランド王家の末の姫だ」

私はちょっと驚いて二人の方を見た。今回のお見合いは、ファーランドとは言え、お相手が王族ではなく、貴族だから気軽に来たのではなかったのか。お姫様が来るとは思いもよらなかった。もっとも兄さまたちはそのことにまったく動じていないように見える。

テッサという人は、グレイソンの兄弟と同じように黒い髪をしており、目は黒のようにも見える濃い青色だった。リスバーンに似ているともいえるが、キングダムではあまり見ない色だ。濃い色の髪と瞳は、白い肌を際立たせ、くっきりと美しい。前世見慣れた暗い色あいの髪と瞳は懐かしい気がした。

「ははっ！　相手が王族になったと聞いても顔色を変えない落ち着き。さすが四侯の跡取りと言ったところだな！」

しかし口を開くと豪快で、兄さまとギルが一瞬引いたのが私に伝わってきた。

「そして素直に驚くあなたはかわいらしいな。リーリア、と言ったか」

テッサはまだ兄さまの後ろに隠されていた私をのぞき込んでにこりと笑った。

「りーりあ・おーるばんすでしゅ」

私にしては小さめの声で挨拶した。ガサツな少年には対処できるが、きれいなお姉さんには照れてしまうのはなぜだろう。

「小さいのに事情を聞かされてるのかな。兄さまたちみたいにうまく表情を隠せてなかったよ。なぜ王族が来ているのかと思っただろう」

それはそうだが、そこを私に聞かれても困る。私は何のことかわからないという顔をしておいた。

「ファーランドの姫は付き添いだそうだ」

見合い相手ではないとはっきり断言する調子でアル殿下が説明してくれた。私にだけでなく、皆に聞こえるようにだ。ということはもう一人の静かな人がお見合い相手だ。しかし、よく見ようとする前に、

「さ、顔合わせも済んだのでどうぞ屋敷へ。体が冷え切ってしまう」

とのおじさまの声で屋敷に入ってしまったために、ちゃんと見ることができなかった。残念。

お屋敷に入るとそこはホールかと思われる大きな部屋だったが、すぐに通過してさらに大きい部屋に出た。ここが本当にホールらしい。オールバンスの屋敷よりよほど広い。

「いざという時たくさんの人が集まれるためのつくりなのだよ」

おじさまが説明してくれる。そのいざという時というのは何だろうか。

「キングダムの結界が揺らぐこともかつてはあったからね。そんな時、周辺の者の避難場所にもなる

のだよ」

　ファーランドと戦った時もあったからね、というのは、後でこっそり教えてもらったもう一つの理由である。

　歓待の前にまずは旅の汚れを落とそうということで、ホールでいったん解散ということになった。

　しかし、新しい場所も新しい人も好きだが、私は屋敷に入った時からお母様の絵が見たくてそわそわして落ち着かず、階段の方を見てばかりだった。

「さあ、一緒にクレアを見にいこうか」

「あい！」

　私はおじいさまに手を引かれて、階段を上っていく。階段から見える壁にはいつの時代かもわからないような古いものから新しいものまで、家族の絵がたくさんかかっていた。その中で、二階に上がろうとすると必ず見えるところに、明るい色の額縁に収められたお母様の絵があった。

　まだ寒かろう早春の草原に、枯れた草の間から見える緑の若葉、一面の白い花の中に、風に吹かれて座っている若い女性。波打つ明るい茶色の髪が風に流され、それを押さえている手には足元に咲いている白い花が小さな花束となって握られている。暖かそうなコートの上にさらにショールが何重にも巻き付けられた体はおしゃれでも何でもなく村娘のようで、それでも外に出られた嬉しさで満面の笑顔だ。

「二〇歳を超えたくらいか。この歳にはかなり丈夫になっていたんだが、それでも寒い季節には体調を崩しがちでな。春になってやっと外出許可が出て、屋敷の裏の草原に出た時の絵なんだよ」

見上げる私をおじいさまがよっと抱き上げると、ほんの少しお母様に近くなった。

「しょんなにぐるぐるまいたら、うごけなくなっちゃうわ」

お母様はきっとそう言って口を尖らせただろう。思わず口に出た言葉に、おじいさまの体がピクリとした。

「どんなにぐるぐる巻きにしても、お前をじっとさせておくのは無理だろう」

後ろからおじさまの声がした。

「寄ってたかって皆が上着を着せようとするものだから、口を尖らせるクレアに私が言った言葉だ。大事にしすぎたせいか、いくつになっても子どものようで」

「それでも、普段はほとんどわがままなど言わなかったのだよ。だからこそ、したいと言ったことは何としてでもかなえてあげたくてね」

おじいさまの声に切なさがにじむ。だからお父様のもとに行きたいと言ったお母様を止めなかったのだろうなということが伝わってきた。

私はまた、お母様の絵に体を向けた。

「しゃむいけど、あたたかい」

「リア……」

私を抱くおじいさまの手に力がこもる。

「おひさまも、かじぇも、おはなも、みんなおかあしゃまがしゅき」

「ああ。誰もがクレアを好きだった。リアと同じで、ラグ竜にも好かれていたよ。そうだ、風さえも

「クレアの前では優しかった」

きっとそれは思い出補正がかかっているのだろう。でも、絵の中のお母様は確かに愛情にあふれているように見えた。

「おかあしゃま」

私は絵の中のお母様に手を伸ばした。きっとお母様はにっこりして手を伸ばしてくれただろう。

『リア』と呼ぶ声がしたような気がした。

「りあも、おかあしゃまだいしゅき」

北の領地まで、来てよかった。

第一章

ファーランドからのお客様

おじいさまのお屋敷には、他にもお母様の絵がいくつかあって、小さい頃のお母様なども兄さまと一緒に楽しく見たりもしたが、結局は階段のところの絵に戻ってきてしまうのだった。おじいさまの屋敷にいる間、暇があれば階段に行って絵を眺めたが、そもそも暇などほとんどなかったというのが実情である。

到着した日は夕食をとってすぐに休むことができた。しかし次の日からは、せっかくファーランドから客人が来ているのだからということで、ファーランドの兄弟たちと交流することになってしまったからだ。

せめて同世代かちょっと上の、そうクリスくらいの女の子を寄こしてくれないかなと私はため息をつきそうになる。

旅が大変だからとか、男の子の癇癪の相手が大変だからとかいう理由で無理なのなら、なぜ二歳の女の子の私が旅をしてここまで来てニコの相手をしているのか。責任者に問い詰めたいが、責任者などおらず、その場しのぎの対処の結果がこれなのである。クリスのいた生活が懐かしい。

「せっかくだから、違う領地に住む者として話してみたいことがたくさんあったんだ。ネヴィルとハルフォードは国境を接しているとはいえ、気候も植生もほぼ同じ。しかし、結界の有無で生産性がどのように変わると思うか。まず率直にそこから聞きたい」

堅苦しく考えず、子どもたちだけで交流を深めるとよいと放り出された私たちが大きな部屋に入ると、まず話し始めたのはロイドだ。確かそう、

「うぇしゅたーの、ちかくのひと」

だったはずだ。昨日はいたずらな雰囲気だったが、今日はいきなりまじめな話題から入ってきた。兄さまとギルの方を見上げると、私と同じように意外に思っている雰囲気が伝わってきた。もちろん、兄さまはお父様の息子である。顔にはそのことは少しも出ていない。仲の良い兄妹だからわかることだ。

「お前、なんでそんな得意そうな顔をしてるんだ」

「おまえじゃありましぇん。りあでしゅ」

私は話しかけてきたロークの間違いを丁寧に正した。確かロークはお魚のおいしい領地の子だ。

「お前だって俺の名前わかんないだろ！」

私はちょっと冷たい目でロークを見た。昨日お互いに紹介されたでしょ。

「ろーく。じぇふ。じゃすぱー。ろいど」

目についた順番に名前を呼ぶと、私はふふんという顔をした。

「しょして、りあはりあでしゅ。しょれからにこ」

ニコだけ仲間外れにならないように、ちゃんとニコの名前も入れた。兄さまたちはまあいいや。

「うむ。ローク、ジェフ、ジャスパー、ロイド。わたしのことはニコとよぶがよい」

ニコは鷹揚に頷くと、私と同じように相手の名前を確認するように呼び、ちゃんと自己紹介した。

相手の年少二人はぽかんと口を開けている。

「ふはっ、ははは！　小さい殿下と小さいレディは賢くていらっしゃる。この様子なら小さい者同士で大丈夫だろう。ジェフ。任せられるか」

最初に話し始めたロイドは面白そうに笑いだすと、弟のジェフにそう確認した。

「僕は大丈夫だよ、兄さま」

ジェフは、僕はと言って、ちらりとロークの方を見た。

「俺だって大丈夫だ。ちびどものめんどうくらい見られる」

むしろ私たちがこのロークの面倒を見ることになるのではないかと思うのだが、なぜこの様子なら大丈夫だなどと適当なことが言えるのか。ロークのお兄さんのジャスパーだってちょっと不安そうにロークを見ているではないか。

「かまわぬ。としうえのものはとしうえのものではなすこともあるだろう。わたしとリアは、このものたちにあいてをしてもらうとする」

私はニコの言葉にちょっと絶望した。なぜ勝手に私のことも含めてしまうのか。

それでもここで一番身分の高いニコがいいと言ってしまったので、私たちは比較的小さい者たち四人で過ごすことになってしまった。まあいい。私はおとなしく皆が遊ぶところを見学していよう。

「では、なにをする。まだひるまえだから、べんきょうか」

「何言ってんだお前」

ニコに対するロークのこの返事に兄のジャスパーが悲壮な顔でくるりとこちらを向いたが、離れたところにいたので拳骨は届かなかった。ニコはあまり気にしていないらしく、普通に話の続きを待っている。

「せっかく家からはなれてるんだから、勉強なんてしない。あそぶんだ!」

「それはよいな」

ニコも嬉しそうだ。今まで静かに様子を見ていた、というより口をはさめないでいたジェフがおもむろに腕を組んだ。

「だけどね。みんなであそぶとして、赤んぼうもできるあそびって何があるかな」

皆で遊ぼうと考えるとは、なんていい子なんだろう。でも一言言っておこう。

「あかんぼうじゃないでしゅ」

「ボードゲームはちょっとむずかしいかな」

できないだろうなという顔で私を見るので、反射的に言葉が飛び出した。

「できましゅ」

しかし、せっかく返事をしたのに、私の言葉は全く取り合われなかった。

「そうだ！　かくれんぼとかどうだろう！」

おとなしいと思いきやジェフはちっとも話を聞かない少年であった。まあ、かくれんぼならいつもニコやクリスとしているので大丈夫だ。おや、私は見学をしている予定ではなかったか。

「それならリアもできるあそびだ。ただ」

ニコは鷹揚に頷いたが、ジェフに向かって少し困ったように首を傾げた。

「ただ？」

「はやくみつけないと、リアはどこでもねてしまうが。そなたらにできるか」

いくら私でも午前中から寝たりはしない。失礼な。

「まあ、そんなちびすぐに見つかるから大丈夫だ」

「そうだといいがな」

ニコがロークを気の毒そうに見た。

「じゃあ、言い出しっぺの僕が最初に鬼をやるよ。二〇数えるのでいいかい？」

ということでかくれんぼをすることになった。二〇じゃあ短いだろうって？　そんなことはない。この部屋に入った時からすでに、かくれんぼや鬼ごっこをすることを前提に、部屋の家具の配置は頭に入れているのだ。そしてそれはニコも同じだから、特に文句も言わずに隠れ場所に走っていった。

この部屋だと隠れられそうなところは、ソファの後ろかテーブルの下、そしてカーテン、護衛やメイドの背中などである。本棚の隙間などもある。

しかし私の選んだところは、座っていたソファの下だ。私はジェフが数え始めるとすかさずソファから立ち上がり、そのまま地面に寝転がり、ソファの猫足のところにもぐりこんだ。ぎりぎりである。

「！」

「……ふう」

ナタリーの声にならない悲鳴と、ハンスのため息が聞こえるが、大丈夫。さすが伯爵の屋敷、ソファの下も掃除が行き届いている。多少埃っぽいくらいである。全員どこかに隠れる場所を見つけられたみたいで、ぱたぱたと聞こえていた足音も聞こえなくなった。

「じゅーく、にーじゅう。もういいかーい」

「いーよー」

皆居場所がわからないように小さい声で答える。

「部屋は広くないから、すぐに見つかるだろう」

ドアのところで数を数えていた鬼のジェフ君は自信満々だ。

「まずはカーテンだな」

やはりそこに目が行くらしい。シャッとカーテンを動かす音がする。

「いない。ということは」

目の前をジェフの足が通る。ちょっとして、テーブルクロスをめくった気配がする。

「ローク、みつけた！」

「ちぇ。部屋がせまいんだよ」

必ず他の人や物のせいにする人はいる。それにしても、部屋の中は暖かい。ポカポカして気持ちいい。

「次に、ここ！　ほら」

「やはりあしもとはわかりやすかったか」

どうやらニコは兄さまたちの足元に隠れていたらしい。木は森に隠す。幼児は大人のところに隠すよいのではないか。うむ。眠い。

そしてそこから記憶がないのだが、気がついたらソファの外に引っ張り出されていた。

「だからいったのだ。すぐにみつけないとリアはねてしまうとな」

「ねてましぇん」

ニコが気の毒そうな顔をして目をこする私の口元をハンカチでふいた。レディにあるまじきこと。よだれか。

「よし！　次はもっと動きのあるあそびをしよう！」

どうやら遊びは続くらしい。私はあくびをしながらしぶしぶ立ち上がった。かくれんぼも何回も繰り返したら、さすがに飽きてきたようだ。そうなると、

「よし、鬼ごっこだ！」

となるわけである。それはそうだろう。しかし問題がある。

鬼ごっこの勝率は足の速さと素早さに比例する。つまり、二歳児と三歳児には不利だということだ。

ということでニコと作戦会議をする。

「にこ、あれいきましゅ」

「あれか」

ニコがうなって腕を組んだ。城でだって、だいたいが年上に対抗することが多い。クリスに対抗するのはしょっちゅうだが、時には、フェリシアや兄さまやギルに対抗したりと、不利な条件で戦わなければいけないこともあるのだ。だからそのたびにニコと作戦を練っては実践しているのである。

「あれのもんだいはいちどしかできないということだ」

「しょもしょも、おにごっこでおおきいこにはかてましぇん」

「リアはとくにな」

まるで私の足が遅いような言い方には困ったものだ。

私はちらりとロークとジェフの方を見た。何やら話している。ちなみに兄さまたちは、微笑ましそうに私たちの方を見ながら何やら頭を寄せて話し込んでいる。楽しそうなのでよい。

「まけてもたのしければいいとおもうが」

どれだけ人格者なのか、この三歳児は。しかし、現実は楽しければいいということはない。小さい子どもの世界は厳しいのだ。最初にガツンといかないと。

「まけてばかりじゃたのちくないもん」

たとえ負けるとわかっていても、挑戦はすべきである。相手に一目置かせることが重要なのだ。

「いちどだけ。いちどだけかてば、こっちのものでしゅ」

「そういうものか」

「しょういうものでしゅ」

「では、やるか」

そのためには鬼ごっこに特別ルールを設けなければならない。普通の鬼ごっこでは絶対負ける。

「ながい、けいとをくだしゃい」

「毛糸、ですか?」

メイドの人に頼むと不思議そうな顔をしたが、用意してくれた。私とニコはそれをもらって、広い場所に毛糸を大きなヒョウタンの形に置いていく。誰もが不思議そうに見ている。もっとも、ハンスとナタリー、それに兄さまとギルが苦笑している気配がする。特に兄さまたちは自分たちが一度やられたことを思い出しているのだろう。

「つまり、おにはこのけいとのそと。ほかのひとはひょうたんのなか。そとからなかのひとにさわったらおにのかち。さわれなかったらおにのまけだ」

詳しい説明はニコがしてくれた。

「よーし、こんなせまい線の中なんて、すぐに捕まえられるだろ！」

そういって鬼になったのは活発なロークだ。

「じゃあ僕たち三人は中だな。よーい、はじめ！」

鬼ではない組のジェフの声を合図に、ロークはヒョウタンの周りを走り回るが、私はヒョウタンの太いところを直線的に動くだけで手の届かないところに移動できる。結局は捕まるのだが、なかなか長く楽しめる遊びである。

一方、私が鬼になっても、ヒョウタンの細いところで待ち構えれば移動するときいずれは捕まえられる。幼児にも優しい鬼ごっこなのだ。

何回か鬼が入れ替わった時、ついにその時が来た。さすがのロークも走り回らず、ヒョウタンの細いところで待ち構えればいいとわかったのである。

「にこ」

「いくか」

「あい！」

作戦発動だ。私とニコは、じりじりとヒョウタンの細いところに移動を始めた。

「早く来いよー」

勝ちを確信してにやにやするローク。そこにニコがぎりぎりまで近づいて、さっと横にずれる。手を伸ばして少しバランスを崩すローク。

私はすかさず四つん這いになると、細いところをかさかさと這って通り過ぎた。

「む、虫」

ハンスの声がするが、失礼である。何度も見ているのにこの体たらく。護衛としてどうなのか。正直なところ、未だに走るより這うほうが速いというだけのことである。だてに赤ちゃんの頃ハイハイを鍛えたのではない。

「あ、ずるいぞ！」

「はっちゃだめとかないでしゅ」

「あ！」

私に気を取られているすきに、ニコも細いところをさっと移動した。これでは待ち構えていても捕まえられない。

私とニコは腕を組んで、ヒョウタンの太いところでにやりとした。しかし油断して反対側からロークに捕まえられたのだった。残念。

「お前ら、やるな」

しかし、これでロークに気に入られ、ロークに一泡吹かせたということでジェフにも気に入られ、屋敷にいる間中、面白い遊びを考えさせられる羽目になったというわけである。

「さいちょからおとなちくしていれば……」

後悔する私だったが、

「そもそもおとなしくないのだから、しかたがないのではないか」

「くっ」

そんなことはない。おとなしいはずだ。ただ、自分は少しばかり負けず嫌いかもしれないと気付く二歳の冬であった。

妹とか弟とか《ルーク》

「キングダムというのは、私たちにとっても未知の国。結界に包まれて、夜に虚族に襲われる心配のない自由な国だというが、自分には関係のない話だとしか思っていなかった。キングダムの次代の王子がああやって自分の弟と遊んでいるのを見ると、不思議な気がするな」

結界のあるなしが実際どのように民の生活に影響を及ぼしているかという点について話していた私たちだが、話の合間にもやはり弟妹のことが気になる。仲良く遊ぶ四人をちらちらと眺めながらの話となったが、ぽつりとロイドがそう口に出した。

ロイドというのはウェスターとの境界に位置するスティングラー領の長男だ。このネヴィルとも境界が接している。私たちが学院に通うように、今は領地を離れてファーランドの領都にいるのだという。

「急にキングダムへ行く話が出て、どの貴族もどうするか判断できないでいるうちに、うちがさっさと名乗りを上げてキングダムに送られてきたというわけ」

ロイドが活発で行動的なのは話を聞けばよくわかるが、それは家系的なものなのだろう。見たところ、弟の方も落ち着きはあるようだがどちらかというと前に出ていくタイプのようだ。ではもう一組の兄弟はどうだろう。

「うちの弟くらい活発な子どもじゃないと、親が心配して出してくれなかったというのが正解だ。ちなみに私は弟の監視役」

そう苦笑するのがジャスパー・グレイソン。ファーランドの最北の領主の息子だ。確かに弟のロークは言葉遣いも気遣いもなっておらず、周りの大人をハラハラさせている。もっとも、リアはやり返しているしニコ殿下はまったく気にしていない。

「ロークの相手をできるのはよほど活発な子か年上に限るんだが」

なぜそんな子どもを連れてきたと言いたげな顔をギルが隣でしているが、ジャスパーが苦笑している通り、未だに何の問題も起こっていない。体を動かす活発な遊びをしているのに、楽しそうで全くもめる様子もない。

「キングダムはよい後継者をお持ちだ。それにルークの妹、あれはすごいな」

離れて見ていても、遊びを仕切っているのがリアだということはよくわかる。動きは一番鈍くても何らかのアドバンテージをとっており、全く負けていない。もっともソファの下に潜りこんだときは少し心配だったが。

「あの行動力があったからこそ、ウェスターでも生き延びられたと、そう思っています」

ウェスターにさらわれて戻って来たということは知っているようだから、このくらいは言ってもいいだろう。

「しかしリアの魅力はそれだけではありません。なんといってもその愛らしさですが、お聞きになりますか」

私はにこやかにファーランドの二人に語り掛けた。

「い、いや、見ていればわかるから。いやー、本当に愛らしい。野性的でもあるが」

「そうですか。ラグ竜との愛らしい一幕などいかがですか」

「ははは」

遠回しに断られたが、リアのかわいらしさを聞く機会を損なうなんてもったいないことをする。

「実物がいるんだから、それを見れば十分だろ」

「それもそうですね」

ギルもたまにはいいことを言う。助かったという顔をしたロイドとジャスパーのことは、とりあえず棚上げしておこう。

リアがキングダムに戻ってすぐに、ニコラス殿下と遊ぶようになり、そしてそれにクリスが加わるようになると、私のリアに対する不安はどんどん減っていった。

かわいがっていたものの、ろくにリアのことを理解できないままだった一一歳の始め、そしてやっとこの手に戻ってきた一一歳の終わり頃は、とにかく目を離せず、リアの一挙一動にハラハラしていたように思う。

リアが戻ってきたとき、乱暴だという三歳児と遊ばせるなんて、それがたとえ王族だとしてももってのほかだと思った。でも、二人の先生になるという機会をもらって、一週間に半日だけとはいえ、リアとニコラス殿下が共に過ごしているところを見ることができて本当によかったと思う。

つい手助けしたくなる私と違って、ハンスとナタリーはハラハラしながらも手を貸さずに見守っている。おそらく三歳児にしては運動能力も高く、賢いニコラス殿下の動きは速く、リアと一緒に遊んでいても危険を感じることも多い。

それでも、リアはあきらめることなく、負けることもなく、自分からあれこれ物事を提案し、時にはニコ殿下をなだめすかし、対等に遊んでいる。二歳児らしく体力に劣り、よく眠ってはニコ殿下を嘆かせてはいるが、そんなリアに合わせて手加減するということが、ニコ殿下はできるようになった。

王家と四侯は対等。そうは言うが、現実にはそうではない。四侯は王家の下だ。だから王家には従うが、私は王家には特に思い入れも何もなかった。

民も貴族も、力ある王家と四侯をうらやむかもしれない。しかし、やりたくもないことをやらされているという点は彼らには理解できず、そのことを共感できるという意味でのみ王家と四侯は対等だと私は思っている。それでも、キングダムの民を守りたいという気持ちは同じだ。

ニコラス殿下と親しく接して初めて、私はこの小さい殿下と共にキングダムの国を守っていくのだと思うことができたのだ。私もリアも、そしてニコ殿下もクリスも、これから共に成長していくのだと。

不思議なことに、リアを中心に、ばらばらだった四侯の子どもたちも集まっていく。オールバンスとリスバーンだけでなく、モールゼイ、そしてついにはレミントンも。

楽しく遊ぶ年少の四人を見て思わず笑みを浮かべた私は、ちらりと隣を見た。もちろん、私にとってはギルとの友情が一番だが。

「なんだよ」

「別に」

「ああ、俺もあいつを連れてこられればよかった」

ギルがちょっとつまらなそうにつぶやいた。

「あいつ？」

「アリスター。おれだけ弟や妹がいないなんて、不公平じゃないか？」

「あれはギルの叔父でしょう」

「それでもさ。俺よりは小さいんだから、実質弟だ」

アリスターは叔父扱いも弟扱いもいやがるだろうけれどと私は思った。

「にいしゃま！」

リアが、よちよちと、いやすたすたと駆け寄ってきて私の膝にしがみついた。大人や年上の邪魔をするような子ではない。さすがに疲れたのだろう。リアを見守るようについてきたニコ殿下は、隣のギルの膝に自然に手を置き、寄りかかって休んでいる。

「そろそろおなかがすきましたか」

遊びは終わりにしますかという意味を込めて、私は二人に尋ねた。

「おなか」

「おにゃか」

二人はそう繰り返すと、お腹をさすさすとこすってみている。

「おお、わたしはおなかがすいたようにおもう」

「りあはへいきでしゅ」

「ほんとか」

ニコ殿下が疑わしそうにリアを見る。くいしんぼなのにと言いたいのだろう。リアは時々意味もなく意地を張るのがおかしい。絶対お腹がすいているだろうに。

私はもう一押ししてみた。

「ではもう少し遊びますか」

「やっぱり、おにゃかがすきまちた」

その意地が長続きしないのもかわいらしい。

「では食事の支度を頼もうか」

ギルの言葉に、リアがほっとしたように笑った。リア、お疲れ様。頑張るのも意地を張るのもここまでで大丈夫だよ。

そんなわけで、初日から小さい子組に気に入られた私とニコは、暇さえあれば一緒に過ごすことになった。

◆

そうはいっても、この旅の主な目的はアルバート殿下のお見合いをすることである。私たち子ども組が初日からいきなり遊ばされたのと同じように、初日からさっさとお見合いをすればいいものを、何日かは皆で会食したり、ラグ竜の牧場を視察したりなど、なかなか二人きりでのお見合いにはならないのだった。

どうやら、せっかく来たファーランドの王族との親睦もあるらしく、活発なテッサという王女様は、まるで自分が見合い相手であるかのように、アルバート殿下と議論を戦わせていたりする。

一方で、本当の見合い相手のシエナという人は集団にさりげなく溶け込んで、自己主張もせずにこにこと過ごしている。本気でお見合いをする気がないのか、自国の王女様に遠慮しているのか。

少年たちと遊ぶのは正直疲れるのだが、滞在そのものが長引くのは全然構わない。なにしろおじいさまがいるし、おじさまにおばさまもいるのだから。さらにはあちこちにお母様の痕跡があって楽しい。

一緒の食事の時にアル殿下を取り巻く状況を観察するのもなかなか面白いのであった。しかしニコはあまり面白いとは思わなかったようだ。

「おじうえのおあいては、テッサどのだったか」

「ちがいましゅ。ちえなでしゅ」

「ちえな？　ああ、シエナどののことか。しかし、おじうえはテッサどのとばかりはなしているではないか」

「しょれは」

政治的な配慮だろうとか、外交の一環だろうとか、言いたいことはあるのだが、二歳児の口では言いにくい。私はニコの耳に口を寄せて小さい声で言った。

「おみあいがはやくおわったら、りあもにこも、かえることになりましゅ」

ニコははっとして私を見た。

「それはまずいな。いや、まずくはないが、とくにはやくかえりたいわけではないからな」

「なら、きにちない」

「そうだな。ハラハラしてもはじまらぬ」

ハラハラしていたのがちょっとおかしい。どうやら誰よりもこの見合いを真剣に受け止めているのはニコのようだ。私は思わずニコの頭をなでていた。いい子である。

「なんだ」

「いいこ」

「もうすぐよんさいである」

「あい。よんしゃいでも、いいこ」

四歳になったからと言ってたいして変わらないと思うのだが、そこは追及しないでおく。

「王族とも、四侯とも思えぬ素直さだな。幼い頃、我らはあんなではなかった気がするな」

離れたところから聞こえた感心したような声は、ファーランド王女テッサのものである。私が直接話しかけられたわけではないので、素直というところだけ誉め言葉として受け取っておく。

「そうか。ファーランドにはそのように素直ではいられない環境があるのか」

しかし、アルバート殿下の素直な返事には内心ため息をつきそうになった。

つまり、キングダムと違ってファーランドの環境がそうだったとしても、そんなこと口に出して聞くことじゃないでしょ、ということだ。シエナは近くでくすくすと上品に笑って二人を見ている。年齢的には、二人の女性はアル殿下より年下のはずだが、さすが女性はちょっと大人っぽいなと思う私であった。

「明日は私は個人的にネヴィル殿のラグ竜の牧場にもう一度行きたいのだが。特に小型のラグ竜についてもう少し話を聞きたい」

テッサ王女がおじいさまに話しかけた。

「もちろん、よいですとも。一番性格のよいラグ竜はリアの専用ですが、ちょうどリアと一緒にこちらに戻っているので、その見学をされてはいかがですかな」

「よろしく頼む」

おじいさまの孫愛がにじみ出ていてちょっと照れくさいが、王女様が単独で行動するということは、いよいよ明日はアル殿下のお見合いなのだろうか。

「やっとか。これはおあいてをみさだめねばならぬな」

ニコもそう思ったようでぽつりとつぶやいたが、声が小さかったので誰にも聞こえなかったと思う。

たしかに、シエナはいい人すぎてどんな人だかわかりにくいのは確かだ。

その日は外でへとへとになるまで遊んだ。

お風呂に入っていつもより早い時間に兄さまにくっついて部屋でうとうとしていると、部屋のドアをトントンと叩く音がした。私がよく狙われるからか、部屋の入口には護衛が配置されている。トントンと音がするということは、その護衛が入室を許可したということだ。

「どうぞ」

兄さまは眠そうな私を見て少し悩んだようだが、結局は許可を出した。

「うむ。よるにすまぬ」

「にこ？」

私はびっくりして目が覚めた。ニコが護衛付きで静かに部屋に入ってきた。昼にもいっぱい遊んだのに、何の用だろう。

「その、リアとふたりではなしたいのだが」

兄さまは隣にくっついていた私の様子を確認すると、まあいいでしょうという顔をした。といっても、私とニコと二人で部屋の隅っこに移動しただけだが。

私たちは、他の人に背を向けて壁の側にしゃがみこんだ。

「どうちたの？」

「うむ。あす、いよいよおじうえがみあいをするらしい」

「やっとね」

「やっとだ」

それだけなら、別によいことなのではないか。

「リアはおあいてのシエナがどのようなひとかきにならぬか」

「べちゅに」

落ち着いた人だとは思うが、別にそれ以上気にならない。

「わたしのおばうえになるかもしれないのだぞ！」

そういわれても困る。私のおばさまにはならないのだし。

「しょれで、どうちたいの」

もうストレートに聞くしかないと思う。眠いし。

「うむ。おみあいのせきをみにいこう」

二人で話していたはずなのに、急に部屋中の人が聞き耳を立てているような気がしてきた。ニコは気がついていない。

「ふたり、ええと、おみあいはおふたりでしゅる」

ニコが変なことを言い出したので、私も焦って変な言い方をしてしまった。

「ばかだな、リアは」

「はあ？」

この超絶賢い二歳児に言うにことかいて馬鹿とはなんだ。

「こっそりみにいくにきまっている」

「こっしょり」

一瞬で沸騰した私の怒りは一瞬で収まった。こっそりとはなかなか面白そうな雰囲気だ。

「あすはファーランドのこどもたちはほうっておいて」

「しょれ、だいじ」

「ふたりでこっそりおみあいをみにいこう」

「いきましゅ」

私はにやりとした。殿下もにやりとした。

「殿下、リア……」

もしハンスがいたら、「リア様の悪い影響が」などと失礼なことを言ったと思うが、兄さまのあきれたような声くらい、どうってことない。私とニコはくるりと振り向いた。

兄さまはたじろいだ様子で一歩下がった。

「ルーク?」

「にいしゃま?」

兄さまにはむしろ共犯者になってもらわねば困るのだから。

次の日のお見合いは昼過ぎからだった。実は午前中はへとへとになるまで遊び、すでにお昼寝は済ませてある。

「にいしゃま、はやく！」

「わかっていますよ。兄さまだってあの子たちはちょっと面倒なんですよ」

「りあはもっとめんどうでちた」

兄さまは何を言っているのだ。私とニコはそれを毎日していたのに。そもそも一二歳でも面倒な子どもの相手を二歳児に押し付けるとは何事か。

まあいい。私はあきれた気持ちを抑えて、兄さまにお願いした。兄さまの協力と言っても、たいしたことではない。私とニコが見つからないように、ロークとジェフをとどめておいてくればいいのである。

そのすきに私とニコはお互いの護衛に連れられて、お見合い会場に忍び込む手はずになっているのだ。

「大丈夫ですよ。今日はあの子たちの兄たちにも協力を求めてありますからね。たぶん部屋の中にとどめておいてくれているはずで」

「リーアー、ニーコーでーんーかー」

廊下の向こうからロークの声が聞こえる。

「にいしゃま……」

どう見ても部屋の外に出ているではないか。

「ちっ。役立たずか」

舌打ちした兄さまから黒い何かが出ているかのようだ。

「にいしゃま……」

それでも、私のあきれた気持ちが伝わっているだろうか。

「リア様、いったん戻って、あちらの階段から遠回りしましょう。非常時ですから、はい、こちらに」

ハンスは珍しく私に両手を伸ばした。ハンスは本来護衛なので、私の抱っこはしない。両手がふさがってしまってはいざというとき守れないからだ。しかし、私の優雅なゆったりした歩みでは、ロークに追いつかれてしまうかもしれないから、仕方ない。

「あい」

私はハンスに手を伸ばし、抱き上げてもらった。喜んでではない。非常事態だからだ。

「作戦を変更しましょう。ハンスがロークを引き留め、私がリアを温室に運ぶのではどうでしょう」

「にいしゃま……」

私のあきれた声はこれで三回目だ。

「ルーク様、駄目です。護衛に他国の貴族の行動を止める権利はありませんよ」

ハンスが私の代わりに兄さまに言い聞かせてくれた。

「はんす、いきましゅ」

「わかりました。ではルーク様」

「仕方ない。頼みます」

こうして私は隠密行動に出たのだった。

ニコとは温室の前で待ち合わせだ。玄関ではなく、途中の部屋のバルコニーから外に出て、外から温室に回り込むのだ。

「しゃむいでしゅね」

「冬だからな、リア様」

「かぜがつよいでしゅ」

「外だからな、リア様」

ハンスと和やかな会話をしながら温室にたどりついた。

「ふう、たいへんでちた」

「俺がな」

かわいい幼児を運んできただけなのに、これである。

「けっこう重くなりましたよね」

「しょれをおおきくなったといいましゅ」

まるで太ったみたいな言い方は失礼である。成長したというべきだ。しかし、温室にはすでにニコが来て待っていたので、不満は棚上げしておく。

「リア、おそかったではないか」

「しょれが……」

ロークに見つかりそうになったことを伝えると、ニコが気の毒そうな顔をした。

「まあいい。それではいくぞ！」

「いくじょ！」

こうしてお見合い偵察ミッションは始まった。

「リア、もうすこしそっちにいくのだ」

「そっちにいったらみちゅかりましゅ」

ニコと私は押し合いへし合いしながらこっそりと植物の陰に隠れているところだ。

「何やってんですかね、リア様も殿下も」

「はんす、しじゅかに！」

「はいはい」

ハンスはすっと木の陰に姿を消した。ニコの護衛は最初から黙って木の陰に隠れているというのに、うちのハンスはこれである。

「リア、しずかに！　ごえいがさきにはいってきたぞ。これからおじうえとおあいてのシエナどのがすがたをみせるにちがいない」

私はハンスよりよほど静かにしていると思うし、何ならニコの方がうるさいと思うのだが、静かにしているに越したことはないと思ったので、黙って頷いた。私、偉い。

入ってきた護衛は私たちの方を見て、その後、後ろの木の方を見たような気がしたが、目は合わなかった。私たちが上手に隠れているという証拠である。ハンスが手を大きく振っていたような気がしたが、振り返ってみてもそんなそぶりはない。錯覚だろうか。

やがて、温室の入口の両開きのガラスの扉が大きく開くと、アルバート殿下がきれいなお嬢さんをエスコートしながら温室に出てきた。今更言うまでもなく、お相手はシエナなのだが、いつもより数段着飾っているのでとても美しい。

オールバンスのお屋敷と同じように客室からそのままつながった温室は、寒さの厳しい北部でも、日が差せば暖房がいらないほど暖かい。とはいえ、私もニコもしっかり上着を着こんでいる。

「おお、おじうえがかっこいいぞ」

「ふつうでしゅ」

私はそっけなく言い返した。アル殿下が普段から私に少しでも優しくしてくれているならお世辞の一つや二つ言ってあげてもいいが、そもそも優しくもなんともないからしてあげる気になれない。

確かに、私は旅装の殿下しか見たことがないし、途中に泊まった貴族のお屋敷でもここでもそれほど華美な格好は見たことがなかった。だから、軍服を豪華にしたようないかにも王族といった格好や、きちんと後ろになでつけた金色の髪などはなるほどまあかっこよいと言えないこともないと思わないでもない。

しかし、女子として見るべきはファーランドの若い女性がどのような格好をしているかではないか？　私は熱心にシエナを眺めた。小麦の穂のような濃い色の金髪が色白の小さな顔の周りに上品に垂らされ、後ろは高く結い上げられている。胸元は豊かで、透けるほど薄いブラウスの上に濃いバラ色のドレスを重ねている。年の頃はフェリシアよりは上だろうか。

「きれい」

私はほうっとため息をついた。いつか私もドレスを着るのだろうか。そして誰かにエスコートしてもらう日が来るかもしれない、と一瞬乙女のようなことを考えたほどだ。

まあ、面倒くさいからそんな日が来なくてもいい気もする。私のことはともかく、きれいなお姉さんはよいものである。

もっとも、よく考えたら、私はそもそもキングダムのお姉さんがどんなおしゃれをしているのかよく知らないのである。何しろそのくらいの年頃の人はフェリシアしか知らないのだから。

私は自分のポンチョを眺めてみた。去年着ていたポンチョを一回り大きくしたものだが、特徴は去年よりたくさん物が入るポケットで、実用を重視しているから余計な飾りなどは付いていない。あえて言うなら目の色に合わせた紫がかったピンクがおしゃれだ。しかし、幼児の服を見ても流行などわかるわけがない。

「あのくらい、しろにはいくらでもいる」

ニコがちょっとシエナに手厳しい。私が知っている限り、ナタリーやニコのお付きのメイドはとてもきれいだし、ジュリアおばさまもアンジェおばさまもきれいだ。アンジェおばさまは、ちょっと口の端に意地悪なしわが寄っているが、ミルクティーのような髪の色と翡翠の目の色はとてもきれいだと思う。

だが、シエナだってとてもきれいだ。優劣などない。

それより、私には気になることがあった。二人が腰かけ、その二人にメイドがお茶を入れ、お菓子などをテーブルに並べているのが見えた。それなのに、二人はにこやかに話をして、たまにお茶のカップを傾けるだけで、お菓子には手も出さない。

「なかなかよいふんいきではないか」

確かに雰囲気はよい。しかし、食べられないおやつがかわいそうだ。

「おじいしゃまのとこのおやちゅ、おいちいのに。たべてない」

「なんだ、おなかがへったのか」

「へってましぇん！」

別にお腹が減っているわけではない。しかし、作戦を実行することに時間を取られたので、今日のおやつはまだ食べていないだけである。

「ふむ。たしかにすこしおなかがさみしいきがする」

ニコが自分のお腹をさすさすしている。ポンチョのポケットにもおやつは入っているけれど、出来立てのきれいに飾り付けられたおやつではない。私はテーブルの上のおやつを悲しい目で見た。せっかくのおやつが、食べられもしないなんて。

私はじっとおやつを、いや、二人が談笑しているテーブルを観察した。あのテーブルの端っこにあるおやつ、ちょっと下から手を伸ばせば取れるのではないか。

おあつらえ向きに、途中にいくつか大きな鉢植えがある。

「にこ、あれ」

「あれ？」

「あのはちっこのおしゃら、ちたからてをのばしぇば」

「ふむ」

ニコは顎に手を当てて、テーブルまでを静かに観察している。

「まずあのはちうえまではしる。そしてつぎにあのおおきいはちうえにいどうだ。さいごはしせいをひくくしてテーブルのしたにいけば、なんとかなるか」

「しゃいごは、はってもいいでしゅね」

「それがいいな。しかしひとつもんだいがある」

「もんだい？」

私は首を傾げた。

「リアははしれないではないか」

「はちれましゅ！　いちゅもはちってましゅ！」

「しっ！　こえがおおきい」

お相手の女性がこっちの方を見た気がする。私たちは口をつぐみ、体をなるべく小さくした。

「何か声がしませんでしたか？」

あまりしゃべらないシエナの声は、落ち着いていて耳に心地よい。しかし内容が不穏なので、ちょっとドキドキする。

「さ、さあ。温室は暖かいので、鳥でも鳴いていたのではないかな」

「まあ、見てみたいですわ」

「い、いや、あー、今飛んで行ってしまったなー」

アルバート殿下、たまには役に立つ。そのまま二人は話に戻った。

私たちはほっとして顔を見合わせた。

「よし、ではしらずに、いそぎあしでいくぞ。まずわたしがさきにいってあんぜんをかくにんしてから、リアをよぼう」

「あい！　りょうかいでしゅ！」

私はぴしっと手を上げた。

ニコは植物の陰から立ち上がると、左右を確認して最初の鉢植えに走った。

「ああ！　そう言えば、このテラスのガラスのデザインは王都でも見かけないほど精緻なものだな」

「本当に。先ほどから美しいと思っていました。アルバート様は、建築にも興味が？」

ニコが来いと合図をした瞬間、大人二人が建物の方を見た。今だ！

私はしゅたっと飛び出ると、走り出した。

「ああ、よちよちしてあぶな」

「よちよちてない！」

「ハンス、リア、しーっ」

私ははっとして急いでニコのところに向かった。ハンスが余計なことを言うから。私はハンスをめっと睨んだ。

「ふう」

「いちいちハンスのいうことにかまうでない」

ニコに叱られた。

「あい。ごめんなしゃい」

今のは私が悪かったので、素直に謝った。

「よし、ふたりがあっちをむいているあいだに、つぎのはちうえまでいくぞ。さ、てをかせ！」

「あい！」

今度は二人で手をつないで次の鉢植えに急ぎ足で向かった。よし、まだ大人の二人は気づかない。

「あとすこしだ。よし、ではからだをひくくして」

「あい！」

二人でかさかさとテーブルの下まで急ぐ。

「む、虫」

笑い出しそうなハンスは無視する。しゃれじゃないからね。あとはおやつを取るだけだ。

「よし、てのながいわたしが」

ニコが短い手を伸ばす。

「リアほどみじかくないからな」

なぜ心の声が聞こえたのだ。それにしても一応言っておこう。

「しちゅれいな」

「あれ？」

「どうちたの？」

驚いたようなニコに、どうしたのかテーブルの下でこそこそと聞いてみた。

「ほら、てをのばしただけでいっぺんにこんなに」

ニコの手には、ナプキンで覆われたお皿があった。さっきまでは何もかかっていなかったと思うのだが、おかげでおやつが落ちずに済んだ。私はふんふんと鼻を動かした。

「においからちて、おやつにまちがいありましぇん」

「においでわかるのか……」

わかるでしょ？　普通。次はお皿を持ってここから脱出だ。

私とニコは今すぐにおやつを食べたい気持ちを抑え、テーブルの上の気配をうかがう。

「あの、アルバート様」

「な、何か？」

「ここにお皿があったような気がするのですが」

「気のせいだろう」

殿下はそう言い切ったが、シエナはくすくす笑っている。もしかしたら何か察しているのかもしれないが、それ以上追及しようとはしなかったので、私はほっとした。

「しかし、ネヴィルの料理人の作る菓子は絶品だぞ。病弱な娘を少しでも喜ばせようと、料理人をわざわざ王都に修行に出したと聞いた」

その娘とはきっとお母様のことだ。

「この温室も、病気がちで寒い外に出られぬ娘のために建てたものだそうだ。少しでも外の雰囲気を味わえるようにと」

「それでお部屋から直接温室に出られるような作りですのね」

お父様はこれを見て、王都のお屋敷でも温室を作り直したに違いない。だって、よく見るとうちの温室にそっくりだもの。

「そのお嬢様は」

「四侯のオールバンスに嫁いだ後、亡くなられた。私もお会いしたことがあるが、病弱ということを全く感じさせぬ明るい方であった」

アル殿下、お母様に会ったことがあるのか。いいなあ。私も会いたかった。その時、殿下はゴホンゴホンと咳ばらいをした。

「せっかくだから、その空いたテーブルのところの菓子を追加で頼もう。先ほどから茶しか飲んでおらぬだろう」

「実はお菓子が気になっておりました」

お相手がうふふと笑った。なかなかいい感じではないか。

それにしても、アル殿下もシエナも、私たちと一緒におじいさまのお屋敷にいるのだから、お菓子がおいしいことなどとうに知っているだろうに。でも、お母様のお話が聞けて良かった。

「菓子が来るまでの間、少し温室を見て回ろうか」

「喜んで」

私たちはテーブルの脚に身を寄せるようにして縮こまった。二人は私たちを見ることなく温室の奥の方にゆっくりと歩いて行った。

「みつかるかとおもったな」

「あぶなかったでしゅ」

「おじうえたちはしばらくもどってこないだろう。ここでたべてしまおう」

「あい！」

私たちは足を伸ばしてテーブルの下に座り込むと、ニコの膝の上にお皿をおいて、ナプキンを取り去った。

「おいちそう！」

「きれいないろだな」

きれいな色だろうが形だろうが、食べなくては作った人に申し訳ない。

「いただきましゅ」

「いただこう」

本来ならフォークなどを使うべきで、ニコはフォークをそれは上手に使うのだが、私と一緒に過ごすうちに、臨機応変ということを覚えてくれた。

すなわち、フォークがなければ手で食べればいいのである。

「リア、くちにクリームがついているぞ」

「あい」

ナプキンがなければ袖で拭けばいいのである。

「ナプキンはここにあるではないか」

「とどかなかったでしゅ」

「リアはまったく」

ニコはナプキンで私の顔をごしごし拭いた。もうきれいになっているのに。

「そろそろ殿下たちが戻って来そうですね」

「その前にお菓子を揃え直さなくては」

メイドたちの大きな声が聞こえる。

「よし、おじうえたちがもどってくるまえにかくれるぞ」

「あい！」

ニコは空になった皿をそろそろとテーブルに戻した。

「これでだいじょうぶだ」

「おなかいっぱいになりまちた」

「いくぞ！」

私たちは鉢植えの陰に隠れながら、もといた場所に戻った。

「ふう、ぶじもどってこれた」

ニコが額の汗を袖でぬぐった。私は汗などかいていない。ちょっと行って戻ってくるだけの簡単なミッションだもの。そんな私たちにハンスが小さい声で話しかけた。

「リア様、殿下」

「なあに？　はんす」

「それで、アルバート殿下の今日のお相手のシエナ様のことはちゃんと見られたんですか」

私はニコと顔を見合わせた。そういえば、ニコがお見合いの様子を見たいというからこっそり来たのだった。すっかり忘れていたが。もっとも、私はと言えば別の理由からだった。少しでいいから、ファーランドの子たちから逃げ出したいという。

「うむ。なかなかはなしははずんでいた。みめもわるくない」

ニコだってほんとは忘れてたくせに、もっともらしくそう言った。見た目だって、お城にたくさんいるレベルだとか言っていたのに。

「では目的は達成できたということで、もう屋敷の中に戻りましょう」

「わたしはかまわぬが。リアは」

「もどりたくないでしゅ」

私はうなだれた。

「まあな。リア様も大変だな。あと一日の我慢なんだが。ファーランドも人を寄こしすぎなんだよな」

「おおしゅぎでしゅ」

とはいっても私とニコのお相手は合わせて二人で、しかもお見合いではなく単なる遊び相手ではあるのだ。ただ、子どもらしくとても元気なので、二歳児の私には手に余る。

最初はアル殿下のお相手だけだったはずなのに、なぜ人が増えたかというと、どうやらこの世界にも通信網はあるらしい。ちなみにその通信網とは、早馬ならぬ早竜である。ラグ竜はかなりの速さで走り続けることができる。それは私も嫌でも知っていることだった。

そもそもファーランドがお見合いを申し込んだことがきっかけで、キングダムの王都にイースターから四侯日当てに見合い相手が来ることになったのだ。すると今度はイースターが王都まで来るという話があっという間にファーランドに伝わったらしい。

国境沿いで会うという話が、イースターが王都に招かれるというのであればファーランドも北の領地までは来てもいいだろうということになった。また、アルバート殿下だけでなくニコやギルや兄さまが来るのならば、ついでに四侯や王族と顔をつないでおこうと急きょ、おじいさまのところまで来られる地域の貴族の子どもたちが集められ、そしておじいさまのお屋敷に送り込まれてきたのだ。

おじいさまは大迷惑である。

が、北の領地はそんなものらしい。

「いざという時は国境沿いに大量の兵が来ることもある。しばらくそんなことはなかったらしいが、ご覧の通り屋敷は無駄に広いし、多少の客が増えたところで、迷惑なだけでもてなせぬことはないよ」

おじいさまは心配するなと私と兄さまに胸を叩いて見せた。迷惑なのは確からしかったが。

それでも、竜車を使うとはいえ、冬の終わりの寒さの中、自分の幼い子をわざわざ顔合わせのためだけにキングダムまで送りたいと思った貴族はファーランドでも少なかったらしい。兄さまとギルの年回りの子が二人と、あとは六歳くらいの子が二人というわけだ。

言っておくが、私はかわいいとはいえ二歳になったばかりの幼児である。ニコは三歳児である。

「もうすぐよんさいになるがな」

私の頭の中にまで返事をしなくていいです。

しかし、二歳児に妹以上の感情を持てるか？　答えは否である。百歩譲って、年の離れた友人となることはできるか？　答えは是である。ただし、その六歳児が、穏やかで年下に優しかった場合である。

私はこっそりため息をついた。小さい子と友だちになる方法を知らないのなら、せめてほうっておいてほしい。本当にロークは元気すぎるのである。

「お待ちください！　こちらでは殿下方が交流を深められているところです！　入ってはなりません！」

温室の外の入口の方から慌てた声がし、バタバタと子どもの足音がする。

「はんす！」

何とかしてくれという私に、ハンスは無情にも首を横に振った。

「リア様、あと一日だ。頑張りましょう」

「いやでしゅ！」

私は立ち上がって逃げようとしたが、遅かった。

「見つけたぜ！」

私は後ろからぎゅっと捕まえられてしまった。

普段の私ならこういう時、きちんと、

「はなしぇ！」

と言ったと思う。しかし、この六歳になるローク君は、私の言うことを一切聞かないのである。言っても無駄だと知っている私は、死んだ魚のようにだらりと捕まったままだ。

「ニコ殿下もいた！　こんなせまくるしい所にいないで、外であそぼうぜ！」

「ロークどの。そとであそぶのはかまわぬ。しかし、そのまえにリアをはなせ。ちいさいこはたいせつにしなければならん」

「え？　なんで？」

なんではない。私は一層だるさが増した。ファーランドの子どもは、言葉が理解できないのだろうか。

「なんでではない。リアがくるしそうではないか」

ニコ殿下の言葉に、ロークは手に抱えた私の方を見たのだろう。私にはお腹に回った手しか見えないが。

「だってこいつ、すぐにげるじゃん」

「いやだからにげるのだ。それにこいつではない。リアと、ちゃんとそうよぶべきであろう」

三歳が六歳にこれである。キングダムの未来は明るい気がする。

「ちぇ。しかたない」

助かった。ロークが手を離してくれたので、私はハンスの方にふらふらと歩いて行った。ハンスはまた私が捕まらないようにひょいと抱き上げてくれた。本当は、両手がふさがるから護衛は私を抱いてはいけないのだが、この場合ロークから私を守るにはこれしかない。

「ふう。めんどう」

「リア様、本音が漏れてますぜ。ほら、幼児のふり、幼児のふり」

思わずため息をついた私にハンスが小声で諭した。

「はんす、りあはようじでしゅ」

「そうだったなあ」

そうだったじゃないよ。どうやら楽しく遊んでいると誤解されているようで、周りもあまり手を出してくれないから、心底疲れるのである。

「リア様の周りにはニコ殿下を始めとして、お利口な人しかいねえからなあ。これも人生経験だろ」

「しょんなけいけんいりゃない」

私はハンスの顎の下でぶつぶつつぶやいた。

「けど、リア様も自業自得だよな。面白い遊びを教えるから、すっかり懐かれちまって」

「ふう」

私はまたため息をついた。普段ニコとやっている遊びをしているだけなのに。

第二章

落ちる

「お見合い見に行くんなら、俺にも声をかけろよ。水くさいぞ」

「うー」

声をかけたくなかったという気持ちがうなり声になって出た。結局、ハンスに降ろされた私はロークに確保され、どこかに運ばれているところなのだ。

「とりあえず、リアをおろすのだ」

私を抱えてのっしのっしと歩くロークは六歳児にしてはなかなか力強いが、抱かれ心地は最悪である。ジェフは気にせずに隣でへたくそな口笛を吹いている。君は友だちを注意しようという気持ちはないのか。落ち着いているように見えて、一番周りの人のことを気にしないのがジェフかもしれない。

ニコに言われてやっと私は地面に降ろされた。ふう。

「じゃあさ、このままあそびに行こうぜ」

「おー」

ローク、ジェフ。二人は一緒にしたら駄目な生き物かもしれない。

「どこにいくのだ?」

目をきらめかせているニコも駄目かもしれない。この際だから、男子だけで行ったらいいと思う。

二歳児は足手まといだし。

「テッサでんかがさ、今日は一日ラグりゅうを見に行ってるんだって。俺たちも行こうぜ」

「行こうー」

「いこう」

「いかない」

ローク、ジェフ、ニコと続いて、最後の私の意見は無視されました。

「ラグ竜の牧場まで行くなら、竜車にしませんと、日が暮れてしまいますよ」

普段は黙っているニコの護衛がそう教えてくれた。

「いいんだ。ちょっとよるところがあるから」

ロークは勝手にそれを断った。

そうして、牧場の方ではなく、屋敷の裏手の方に回り込んだ。幼児と護衛の奇妙な集団は、私がいるせいで正直移動スピードは遅い。だが、この数日一緒に遊んで、ロークもジェフも、私に「急げ」とか「早く」と言わなくなった。

ジェフは口笛を吹きながらのんびり歩いているが、時々私の方に目をやりペースを確認しているし、ロークとニコは何かの枝を拾って振り回しているが、常に私に当たらないように気をつけてくれている。

それはそれで成長だとは思うのだが、その成長のためにどのくらい苦労したか思い出すと、単純に喜べない私もいる。

それにしても、ラグ竜を見に行くのではなかっただろうか。結構歩いたところで、ロークが止まった。屋敷の裏手の大きな丘の中腹だ。木立もある。

「ここだ」

ラグ竜はいない。でも、そこには思いもかけないものがあった。

冬の終わり、春の気配がほんのりとする季節、ロークが指さした先には、一面の真っ白な花畑が広がっていた。

「ハルマチグサというのだそうだ」

ニコが驚きで声も出せない私にそう教えてくれた。

「お前、いつもおひるねしてるからさ。そのあいだに三人であちこちたんけんしてたら、見つけたんだ」

「ろーく」

「これ、リアのお母さまがもってた花だろ。絵じゃないぞ。ほんものだぞ」

「じぇふ」

三人はにこにこしている。このお花を見せたくて、ここに連れてきてくれたに違いない。

しゃがみこんで一つだけ摘んだ真っ白なハルマチグサは、ほとんど何の香りもせず、ただ春の土の匂いだけがした。

春が待ち遠しかっただろうお母様の愛した花だ。

「花たばにしようか。絵のお母さまのようにさ」

ロークが花畑を指さした。

「ううん。いい。おはな、このままで」

摘んだら花が死んでしまうだろう。ここに来ればいつでも見られるのだから。今年だけでなく、来年も、その次の年も。

「ろーく、じぇふ、にこ、ありがと」

いいんだ、と言うように皆ニコッと笑った。

「さ、まだあるんだ。リア、立って」

ジェフが私を急かす。

「え、うん」

私はお花畑から立ち上がった。その時、屋敷の方からこちらに呼びかける大きな声が聞こえたが、何を言っているかはわからなかった。護衛が屋敷の方に振り向いた瞬間、私はロークに手を引かれた。

「こっちに、大きな穴があいているんだ。いくぞ」

それは絶対に行ってはいけないところだと思う。やんちゃな少年と大きな穴は、絶対一緒にしてはならないものだ。

「まって」

私は立ち止まろうとしたが、お花畑にいた楽しさから危険へと気持ちを切り替えるのに時間がかかり、結局そのままロークに連れていかれてしまった。

「あな、あぶない。おとなといっしょ」

止めても聞かないということを知っていた私は、せめて誰か大人を連れて行こうと提案した。

「大丈夫だ。今まで何度も見に行ったからな」

「でも」

「うわっ！」

木立の向こうまで行ったところで、私たちの視界は急に暗くなった。落ちたのだ。真下に、すとーんと。

足元が急になくなったような感じだった。私とロークは、手をつないだまま暗闇の中座り込んでいた。

呆然としながらも上を見ると、暗い中でわずかに空が見えた。どうやらほんの少しの地面の隙間から落ちたらしい。真下でたいして深くもないから、尻餅をついただけだったのは幸いだった。

目が闇に慣れていないし暗いから立ち上がりはしないが、どうやら怪我もないらしい。

「たちかに、あながあいてまちた」

思わずポツリとつぶやくと、握ったままの手がピクリとした。今の一言で驚きから戻ったようだ。

泣いてはいないということは、たぶんロークも怪我はしていない。しかし、返ってきた言葉は予想外のものだった。

「ちがうんだ」

「ちがう？」

何が違うというのだろう。

「行きたかった穴は、ここじゃないんだ」

「しょれは……」

「本当は、この先の丘に、ちゃんとした穴があるんだよ。人がほったやつ」

そうなんだ。確かに、入るのにいちいち落ちなければいけない穴など面倒くさくてしょうがない。

しかし、ということは、この場所は誰も知らないかもしれないということになる。それに、上をばたばた走られたら天井が崩れてしまうかもしれない。

「ろーく、おおきいこえ、だちて」

「大きい声？」

「たしゅけてって」

そうなのだ。二人いるから何となく落ち着いているが、今は非常事態だし、大変危険な状態なのである。ロークははっとしてさっきの私のように上を見上げると、その穴に向かって叫んだ。

「おーい！」

なるほど、確かに、「助けて」より「おーい」の方が言いやすいし、大きな声が出やすい。私もそうしよう。

「おーい！」

「おーい！」

二人で叫んでいると、すぐに上から人の気配がして、まず土が落ちてきた。

「うわっ」

「ぺっ」

私たちは、しりもちをついた状態から四つんばいになってそろそろと移動し、頭と顔から土を払い落とした。

「リア様？」

その時、頭の上から慣れ親しんだ声がした。

「はんす！」

「いた！　ここだ！　まて！　走るな！」

ハンスの声はいつも愉快な感じなのだが、ハンスの声にここまでほっとしたことはなかった。ハンスはどうやら腹ばいになったらしく、片手だけが穴に入って来た。その手は壁を慎重に触ってみている。しかし、触ったところから土がパラパラと落ちてきた。

「はんす、つちが」

「大丈夫だ。これ以上崩れる気配はない」

私の不安な声にハンスの大きな声が返ってきた。

「リア様、無事だな。落ち着いて。必ず助けるからな」

「あい」

「しかし、こんな狭いところになんで落ちた」

最後の一言は独り言だろう。しかし、私は前世で、そんな隙間に落ちた人を見たことがあったし、知り合いでも電車とホームの隙間に落ちてしまった人がいた。案外狭い隙間でも人は落ちてしまうのである。ましてや子どもだ。

ロークがそろそろと立ち上がると、手を一生懸命上に伸ばしてみている。しかし、案外深くまで落ちたようで、とてもではないが手が届きそうもないし、上の穴は大人の肩までしか入らない大きさだ。

「リア様、今、縄を持ってこさせるから、そこでおとなしくしていてくれよ」

「あい」

縄を輪にしたものを下ろしてもらって、脇の下に回して引っ張り上げてもらうのがいい。そうとなったら、土の落ちないところで座って待っていよう。

「ろーく、しゅわろ」

「うん。ごめんな、リア」

「だいじょぶ。しゅぐたしゅけてくれる」

二人身を寄せ合って座っていると、次第に目も暗闇に慣れ、穴から差し込む日の光で、落ちた穴の先がぼんやりとわかるようになった。

「あんがい、先までつづいてるんだな」

「まるでどうくちゅみたい」

「そうなんだ。丘にもこんな穴があいてて、先までずっとつながってて」

そんなに大きな丘には見えなかったのだが。

「ここらへんな、戦いになったことがあって、もともとあった穴を広げて、めいろみたいなかくればしょにしてあるんだって。ぜったい入っちゃだめだっていわれた」

それはそうだろう。洞窟と迷路など、六歳男子には絶対に入らせてはいけないものだ。そうやって周りを観察していると、なるほど先の方は壁が滑らかで、人の手が入っているような気がする。

一方で私たちの落ちたあたりは、壁も柔らかく人の手が入っていない。

「あとからあながあいたところ」

それか、わざわざ手入れしようとはしなかったところなのだろう。そう観察している間にも、上では何やらばたばたした気配がしている。

「まさかこちらに来ているとは。穴があるから危ないと止めたではないですか！」

「そ、それは丘のあちらの穴だとばかり」

おそらく屋敷の人に怒られているのはニコの護衛かもしれない。ハンスはそもそも来たことがなかったようだし、護衛も情報を共有しておいてほしいものである。

「縄もすぐ持ってきますが、丘の穴からこちらに回ってきたほうが早いかもしれませんね。明かりも持ってきましょう」

「向こうとつながってるのか！　確実に行けるのなら、縄よりはリア様に安心かもしれん」

「では両方試すということで、人手を集めてまいります」

上でハンスと屋敷の人が相談している。きっとニコの護衛はおろおろしているだけに違いない。

「つながってる……この先に？」

隣でロークがつぶやいた。これはまずい気がする。

「ろーく、だめでしゅ」

「行ってみる！」

「まって！」

ロークは立ち上がると私の制止を気にも留めず、おぼろげに見える穴の先の通路の方に走っていった。

私はここでハンスを呼ぶべきだったのだと思う。しかし、ロークは通路が迷路になっているといっていた。ここで大事なのは、私がまず助かることか、それともロークを一人にしないことか。

「ばらばらは、いけましぇん。ろーく！」

一瞬だけ悩んだ私は立ち上がると、ロークの向かったほうに動き始めた。すたすたと。

「ろーく！」

少し行くと、穴からの光はほとんど届かず、暗闇に近くなる。そしてすぐに分かれ道に来てしまった。ロークはどっちに行っただろう。

左手で私の右手を引いていたから、私の右側にいた。そして右利きだから、そのまま行けば右の方向だろう。一応呼びかけてみる。

「ろーく！」

「リア！」

声はどちらかというと左から聞こえる。しかし、まっすぐ走っていったロークが左に行ったとは考えられない。道の先で通路が曲がっているのか、それとも道が交差しているのか。

「ろーく、しょこにいて！」

「リア！　まっくらで、何も見えないんだ！」

「うごかにゃいで！　まってて！」

少なくとも、お互いの声が聞こえる距離にいる。今私が道を間違えても、お互いに声を掛け合っていれば何とかなるだろう。

私は右の通路に進むと、左手を左の壁につけて、慎重に前に進み始めた。左から声がするということはもしかして先の分かれ道で左に行ったのかもしれないからだ。

「ろーく、りあ、ここにいりゅ」

「リア！」

「あーい」

なるべく暢気に聞こえるように声をかける。手元はもうほぼ真っ暗で、幼児の足はなかなか思うようには動かない。焦るけれど、落ち着いて。

「ろーく！」

「リア！」

「ちかじゅいた」

まっすぐだった壁が緩やかに左に曲がっているような気がするが、すでにわからない。一歩、一歩、進んでいく。子どもの息遣いが聞こえる。もうすぐだ。

「ろーく」

「リア！」

伸ばした手が温かい何かに当たり、その手が闇雲につかまれる。

「みちゅけた」

「リア！　まっくらで。俺、動けなくて」

よほど怖かったのだろう。ロークの息が荒い。

「ろーく、しゅわって、かべにせなかを」

ロークにしがみつかれたまま、二人でそっと座り込む。

「はあ、はあ。うん」

素直に座り込んだロークの足の間に潜りこみ、今度は私がロークに背中を預ける。そんな私をロークがギュッと抱きしめた。ぬいぐるみ代わりだが、何かを抱えていたら少しは安心だろう。

「ろーく、しゅこしまてば、たしゅけがきましゅ」

「俺、こっちに来たら、すぐ丘の穴から出られるかと思って」

「あい」

もっとも、穴の上で交わされたあの話を聞いても、もし行動力のない子ならそれでもあの場で待つだろうし、もしもう少し物を考える子ならやはりあの場で待っただろう。

ロークという、行動力のある子だったからこそこんなことになった。それは小さい頃は厄介だけれど、こういう子がいるからこそ、時に人は大きく前に進めるのである。

私は少し震えているロークの腕の中で前向きになろうとしてそんなことを思い、ため息をついた。

それに、どうせこのタイプの子は叱っても同じことを繰り返すのだ。それなら、叱るのは大人に任せて、私は静かに話を聞いてあげよう。

ロークは少し落ち着いて、続きを話し始めた。

「走ってたらきゅうにまっくらになって」

「あい」

そりゃあそうだろう。

「まっくらになったら動けなくなった」

「あい。そんなもんでしゅ」

本当に何も考えていなかったのだなとちょっとおかしくなる。

さて、ロークの言った通り、この穴がうまいこと丘につながっているならよい。しかし、これから夜が来る。穴の中の地図があればよいが、私たちが落ちてきた場所のように、長い間には崩れているところもあるだろう。助けが来るまでに時間がかかることを覚悟しなくては。

私のできることは何だろうか。私は暗闇の中、目を見開いて考えた。

そもそもここは辺境ではない。屋敷には信頼できるおじいさまがいて、おじさまもおばさまもいる。ニコの護衛は相変わらず頼りにならないが、私にはハンスがいる。

そして兄さまがいて、ギルがいる。

何を不安に思うことがある。

「リア」

「あい」

「おなかすいたな」

「りあは……」

ロークに捕獲されるまで、心ゆくまでおやつをむさぼっていたので、特にお腹はすいていない。むしろ運動して、パンパンのお腹が少しすっきりしたくらいだ。

ロークだって山ほどおやつを食べたと思うが、これだけ動いたらいくら食べてもお腹はすくだろう。

私はポンチョのポケットをごそごそと探った。

「リア？　どうした？　もぞもぞして」

「あった」

さっき、たくさんあったおやつの中で、クリームの付いていないケーキをポンチョのポケットに入れておいたのだ。ビスケットだと崩れてしまうから、フィナンシェみたいなしっかりした形の、でも固すぎないおやつをちゃんと選んでおいたのである。

ニコもあきらめたような目でそれを見ていた。それはそうだろう。私のおやつに助けられたことがあるのだから。

「あい。おやちゅ」

私はロークの手のひらを開かせて、おやつをそっと置いた。ロークはそのおやつの匂いをかぐと、そっと口に運んだ。屑がぽろぽろと頭に落ちてくるが、仕方ないから我慢する。

「おいしい」

「おじいしゃまのおうちのおかち、おいちい」

「うん」

「あめもありましゅよ」

私は反対のポケットから、あめを取り出した。あめはいつも持っている。まだ危ないから、ナタリーの見ているところでなければ食べてはいけませんと言われているが、ロークに食べさせる分にはいいだろう。

私はあめをひとつ、やっぱりロークの手を開いてそっとのせた。

「ゆっくりね」

「うん」

「かじりゃない」

「うん」

頭の上で、口の中であめを転がす音が聞こえたので大丈夫だろう。そうしている間に、ロークの息もだいぶ落ち着いてきた。

そろそろ助けが穴に入り始めたところだろうか。ではこちらも始めよう。

兄さま、いい？

私は、小さい声でつぶやいた。

「けっかい」

ふわん。継続して結界を張るわけではないから、魔力は十分残る。つまり、今から私はレーダーの発信元になるのだ。

「な、なんだ、いまの」

ロークがびくっとした。あまり気にしていなかったが、さすが辺境とはいえ貴族。ロークにも魔力はあるようだ。それならば、ごまかしても仕方ない。

「よんこうの、ちから。だいじょぶ」

「四こうの、力……」

「にいしゃまに、ちゅたえてる」

少し時間がたってからもう一回。そしてもう一回結界を張る。

ふわん。兄さまの結界が返ってきた！

「にいしゃま、きがちゅいた！」

「ほんとか！」

「あい」

後は迎えに来るのを待てばよい。それまでロークのお話を聞いていよう。

「ろーく、きたのりょうちのおはなち、きかしぇて？」

「北のりょうちか？　そうだな。リアはハルマチグサが好きだよな。俺の好きな北の花は、ネズミミクサなんだ」

「ねじゅみみみくしゃ？」

「ネズミミクサ。花びらの二枚だけが大きくて、ねずみの耳みたいだから、ネズミミ」

「ねじゅみ。みみ。かわいい」

私は思わずニコッとした。

「色はピンクなんだ。春になると、北の海に向いた丘がいちめんネズミミクサでピンクになって、すごくきれいなんだ」

「みてみたい」

「いつか来いよ。大人になる前なら、来られるんだろ」

「うん」

四侯が大人になるとキングダムの外に出られなくなるのを知っているらしい。

ふわん、と。話しながらも結界を飛ばす。返事をするようにふわんと波が返ってくる。おしゃべりすることもなくなってきたころ、ふわんと兄さまから先に波が来た。

「ちかい。ろーく」

「なんだ、リア」

「こんどは、ろーくのばんでしゅ。こえを。おおきなこえを」

「わかった。おーい！」

返事はないが、人の気配がするような気がする。

「おーい！」

「おーい！」

ロークの声に被せるように返事が聞こえた。私をゆるく抱いていたロークの手がギュッときつく巻き付いた。

「リア！　へんじがあった！」

「あい！」

「おーい！」

ロークの声が大きくなり、返事も大きくなり、やがて通路の先に明かりが見えた時は、さすがの私もほっとした。結界も最後の一回だ。

ふわん、ふわんと一瞬結界が重なり、広がって消えた。その日の夕方、北の領地の魔力のあるものは全員感じたに違いない。何かが膨らんで消えた気配を。

相変わらず使えない護衛《ハンス》

「おおーい、そっちには行くな！」

「なんだ？」

屋敷の方からの声に、俺は一瞬リア様から目を離した。

「ああ、そっちの丘に穴があるんだ。穴には入らせないから大丈夫だ」

ニコ殿下の護衛が安心しろよというように肩をすくめた。お前たちは何度安心できない事態を引き起こしたのかと、俺はイラっとしたがそこは耐えた。

リア様が昼寝をして部屋にいる間が俺の休憩時間になる。夜は別の護衛が交代で担当だ。だから、ニコ殿下や他のやんちゃ坊主たちが何かをしていたのは知っていたが、何をしているのかまでは把握していなかった。

だから、屋敷の裏手など本当は連れてきたくなかったが、護衛も承知のことだと思ったから我慢したのだ。まあ、実際リア様を花畑に連れてくるなど、やんちゃなだけではなくなかなか見どころがあると感心もしている。

しかし、近くに危険な場所があるのなら別だ。

「穴には入らせないって、お前たち、ニコ殿下とリア様を一緒にした時に何が起こるかわからないのをもう少し自覚しろよ」

一応苦言を呈しておく。そしてリア様の方に振り返ったら、もうそこにはいないではないか。

ニコ殿下はいる。ジェフもいる。リア様とロークだけがいない。そして殿下もジェフも呆然として立ち尽くしている。俺は内心の激しい不安を隠して二人に話しかけた。

「殿下。ジェフ様。リア様が見当たりませんが」

「おちた」

「はあ？　おちた？」

「すとーんと。きゅうに」

ニコ殿下のその声に、ジェフも動き出して、地面を指さした。

「下に、そこに、すとーんと、二人」

よほど焦っているのか言っていることが支離滅裂だ。その時、かすかにロークの声がした。

「おーい」

「おーい？　下か！」

その気づきと共にいろいろな情報がつながった。

「下に穴か！　そこに落ちたな！　ニコ殿下、ジェフ様、動くなよ」

必死に頷く二人を残し、片膝をついた上で視線を低くする。ニコ殿下のほんの二ｍほど先に、草の切れ目がある。

「おーい」

「そこだ！　おーい！」

とりあえず声を返すと、慎重に穴の方に歩みを進める。あった！

そっとのぞき込む。気をつけたが土が落ちてしまったかもしれない。

「おーい」

「おーい」

「リア様？」

リア様の声がする。穴から差し込む日の光で、かすかだが白い肌と金の髪が見える。何とか無事のようだ。ほっと力が抜ける。

「いたのか！」

「いた！　ここだ！　まて！　走るな！」

崩れたらどうするつもりだ！　馬鹿が！

「はんす、つちが」

リア様の柔らかい声が聞こえる。

「リア様、無事だな。落ち着いて。必ず助けるからな」

「あい」

この緊急事態になんと落ち着いた対応だ。さすが俺のお嬢様だ。

この狭い穴には大人は入れない。輪にした縄を下ろして、なんとか脇に引っ掛けて上がってきてもらうしかない。そう考えた時、先ほど声をかけただろう屋敷の者が走ってやってきた。

「まさかこちらに来ているとは。穴があるから危ないと止めたではないですか！」

「そ、それは丘のあちらの穴だとばかり」

ニコ殿下の護衛とジェフたちのお付きの者が怒鳴られている。こういう情報は最初から共有しておいてほしかった。

「縄もすぐ持ってきますが、丘の穴からこちらに回ってきたほうが早いかもしれませんね。明かりも持ってきましょう」

「向こうとつながってるのか！　確実に行けるのなら、縄よりはリア様に安心かもしれん」

「では両方試すということで、人手を集めてまいります」

「ルーク様とギル様にも来ていただくようお願いしてくれ」

屋敷の者はためらうようなそぶりを見せた。問題を大きくしたくないというのではなく、まだ少年の二人に知らせても頼りにならないということだろう。

知らないというのは怖いことだ。あの二人が頼りにならないわけがない。

「知らせなかった時の方が問題が大きくなるぞ」

俺の言葉に頷き、屋敷に走っていった。そして俺はニコ殿下の方に振り向いた。

「そしてニコ殿下とジェフ様は屋敷に戻っていてください」

「いやだ」

珍しく聞き分けがない。

「殿下」

「リアのいるばしょがわかるようなきがするのだ。わたしがいればきっとやくにたつ」

リア様に弱い俺は、どうもニコ殿下にも弱い。俺はニコの護衛たちを見た。

「決してこちらから向こうには来させないでくれ」

「わ、わかった」

俺が指示を出すのではなく、むしろお前たちが迷わず連れて帰るべきだろうがと怒鳴りたいのを我慢するのが大変だ。

それからすぐにルーク様とギル様がやってきて、後を追うように洞窟の地図を持ったネヴィル伯といろいろな救出用具を持った屋敷のものがやってきた。

ここで安心させようと俺がリア様に声をかけようとしたら、

「ハンス、待て」

「まつのだ」

ルーク様とニコ殿下に止められた。

「移動していますね」

「おかのほうだ」

「なんだって！」

なぜわかったのかは聞かないでおく。慎重に穴をのぞいてみると、確かにそこには誰も見えないし返事も返ってこない。

「いったいどうしたんだ」

「たぶんロークだ」

ニコ殿下と一緒にいたジェフ様がこぶしをギュッと握った。

「さっきの、丘と穴がつながってるっていう話が聞こえたんじゃないかな。あいつ、考えなしだから、話が聞こえたらきっと自分で動いてしまうと思うんだ」

「自分で丘と思われるほうに移動してしまったのか。リア様は付いていくほうを選んだな」

リア様一人なら、あれで考え深い方だからまず動かないはずだ。ジェフが心配で付いていったのだと思うが、一人残ってくれていたほうがよかったと思う自分に反省はしない。しかし、本当に厄介だ。

「よーし、丘の方から回り込むぞ。それほど面倒な分岐はないはずなんだが、長年放置されていたのでもしかしたら崩れているところがあるかもしれん。とりあえず二手に分かれて捜すぞ」

ネヴィル伯の声が頼もしく、少しほっとした。

そのとき、かすかに胸に響く何かを感じた。そしてすぐに別の何かが通り過ぎて行った。なんだ。

「来た」

「来たな」

「リア、なのか」

ルーク様とギル様の声だ。ニコ殿下も胸を押さえている。彼らも何か感じたのか。

「こっちだ」

ルーク様を筆頭に、三人が動き始めた。穴を避けて、丘の方へ移動している。また何かが胸の中を通り過ぎる。何かが返っていく。

「ここです。この下にリアがいます」

ルーク様の声に、ネヴィル伯はためらいなく地図とその位置を照らし合わせる。

「どうやら第三坑道の途中にいるようだな。分岐の先の方だが、しっかりと補強のしてあるところだ」

その言葉に少しほっとした空気が流れた。

「おじいさま。私も坑道に入ります」

ルーク様の言葉にネヴィル伯は迷いを見せた。それはルーク様が若いから役に立たないという理由ではなく、純粋に心配だからだろう。

「しかしな。ディーンがいたらなんというか」

「お父様なら私とどちらが先に行くか言い合いになるだけですよ」

ネヴィル伯は確かになという顔をしたが、俺も同じ顔をしていたと思う。

「わたしがここに、リアのいるばしょにとどまっていよう」

「そして俺はリアとルークの間にいるようにする」

何らかの気配がわかる三人がそんなふうに分かれてくれたら本当に助かる。

ルーク様は迷いなく坑道を進み、真っ暗な中、泣きもせず静かに座って待っていた二人を発見した。

本当にほっとした。

明かりのもとルーク様に手を伸ばしたリア様は、一度ギュッと抱き締めてもらうと、下に降り、今度は俺に手を伸ばした。俺が抱き上げると、しっかりと首に腕を回して、こう言った。

「はんす、さしゅがでしゅ」

「リア様。はい。はい」

よくご無事でとか、よかったとか、何も言葉が出てこなかった。よく考えたらリア様に手放しでほめられたのは初めてかもしれない。こんな時でさえ、自分がルーク様でなく、俺に抱かれることが一番早い帰宅につながると理解している賢いリア様。

俺のリア様は、世界一だと断言する。

◆

結局、その日はたいしたことをしたわけでもない。地面の真下に落ちたのと、そこからほんの数十メートル歩いただけだ。それなのにとても疲れたらしい。

その前に温室をカサカサ動いていただろうって？　何のことか記憶にない。

助けが来たときはほとんど暗くなっていたので、私はすぐに屋敷に戻され、お風呂に入れられ、部屋で食事を取らされ、そして兄さまに寝かしつけられた。

「ろーくは」

「大丈夫なようですよ」

「にことじぇふは」

「あの子たちは落ちていませんからね」

それがその日の最後の記憶である。そして次の日起き上がってみたら、さすがにあちこち体がギシギシしていたので驚いた。

それだけ落ちた衝撃が大きかったのだろうし、正直、暗闇の中はかなり精神的に厳しかった。

その中で冷静に動いた私、偉い。

「どうしたのですか。そんなに胸を張っていたらひっくり返りますよ」

別に胸を張ってなどいない。昨日の自分をほめていただけである。

「きのうは、ちゅかれまちた」

「リアは頑張りましたよね、リアは」

兄さまがベッドの私の横にぽすんと腰を下ろした。含みのある言い方だが、それが兄さまらしい。

しかし、落ちたこと自体はロークには責任はないだろう。私は一応、ロークのためにこう言ってあげた。

「こどもは、おちましゅ」

これは真理である。でも兄さまはあきれたように首を横に振った。

「私も他の子どもたちも落ちませんでしたし、子どもが落ちた話なんてそんなには聞いたことありませんよ。リアはもっと怒っていいのです」

あそこに穴があったかどうかは誰もわからなかったし、助かったのだから別にいいと思う私は、すでに朝ごはんのことで頭がいっぱいだった。

「きょうのー、あしゃごはんー、なーにかな」

「リアは、まったくもう」

なぜそこでぎゅっと抱きしめられてしまうのだろうか。楽しいからいいけれども。

心配したギルが私たちの部屋に様子を見に来てくれて、部屋で三人で朝食をとることになった。そういえば、お見合いはどうなったのだろうか。

「あるでんか、おみあいは？」

「ううーん、まあ」

「昨日はそれどころじゃなかったからなあ」

兄さまたちは顔を見合わせて苦笑している。

「アルバート殿下にはかえってよかったのかもしれないんだけどな」

ギルが少し不思議なことを言っている。

「結局は、辺境三国のどこからお相手を選んでも、どこかに角が立つだろう」

「うぇしゅたー、おみあいない」

イースターの一行は今王都に来ているかもしれないが、ウェスターからは何も言ってこないではないか。いや、ウェスターの領都シーベルにいたときは、兄さまとかギルとかに打診があったんだったか。

「確かに今はウェスターからは話はないけどな。もし殿下がファーランドから誰かを迎え入れたら、その後が大変だろうということだよ。俺なんかさ、アリスター絡みで絶対取り込もうとされるぞ」

ギルが遠い目をした。兄さまがどうだろうという顔でギルを見た。

「あの間抜けなウェスターがそこまでしますかね」

「する」

ギルが断言した。

「おそらく悪意なしにな」

「ああ、確かに」

兄さまとギルは私より前にシーベルにいていろいろとやっていたようなので、その間に学んだこともあったのだろう。二人で納得している。私はウェスターといえば、王家の思惑よりやっぱりこれだ。

「ありしゅた、げんきかな」

「元気だろうよ。保護者が四人もついてるんだから、心配するな」

「あい」

きっと今年の夏には、勉強もひと段落ついて、遊びに来てくれるような気がするのだ。

「なつには、りあはもっとおおきくなってましゅ」

私はすらりとした自分を思い描いた。そして、

「リア、大きくなったなあ」

「足が速くなった」

と言ってもらうのだ。どうだ。

「半年後ですか。リアは夏になってもそんなに変わらないでしょうね」

「だな」

現実はそんなものらしい。まあ、三歳児のニコだってすらりとはしていないのだから、二歳半の自分に期待しても仕方がないのである。

「リアの質問はお見合いでしたね」

兄さまがずれていた話を戻してくれた。

「お見合い自体は、というか、ファーランドの一行とはうまくいきましたよ。お見合いだけでなく、穀物や魔石、それにラグ竜のやり取りなど、実務的なことも直接会って話せば進むことも多いですしね」

「いろいろやるべきことを済ませて、最後が見合いだったんだよ。まあ、お互いいい印象を持ったらしいが、決め手に欠けるというか」

何となく想像はつく。もしこれが同じ国内であれば、あれほど和やかに対話できるのなら、お見合いは成功だろう。だが、アルバート殿下が万難を排しても是非にと思うような相手でなければ、これ以降は話は進まないということになる。

「結局、今回ファーランドが交流を欲張ったせいで、向こうのお子たちの管理が後手に回り、昨日の事件が起きたわけだ」

「しょれは」

確かに、「とにかく顔合わせすれば何とかなるだろう」という感じで、子どもたちの相手を丸投げされて大変だったわけだし、私自身、ファーランドへの印象はあまりよくない。

しかし、それを言ったら、ウェスターの印象だってよいものではない。ヒューとは最後は仲良くなったが、本人も、国としての態度も、途中まではあまりよいものではなかった。私だけでなく、アリスターに対してもそうである。

それに、イースターは第三王子がいる限り論外。

そして、自分の住んでいるキングダムの印象だって、別によいものではないのである。身分の差、偏りすぎた仕事と権力の配分。

あれ、私、ちょっと厳しすぎない？　ちょっと違うことを考えていた私に、兄さまが昨日の話をしてくれた。

「リアはすぐに寝てしまったし、今回のことは被害者でもあり功労者でもあるからいいんですが、残りの面々はそれはもう大変でしたよ」

「ちかられた？」

「はい。ニコ殿下も、後継ぎとしての自覚がないということをアル殿下に延々と説教されていましたね。危険と思われるところにそもそも行くなと」

ニコは特に悪いことはないと思うのだが。

「ロークは言うに及ばずです。ジェフもまったく止めようとしなかったことを。ジャスパーとロイドは、もちろん弟の管理不足を。そして何より、護衛ですよね」

兄さまの顔が厳しくなった。

「はんすは？　はんすはちゃんとちてた」

「ハンスもね、屋敷の方からの声に気を取られて、一瞬リアから目を離したそうです。だからハンスもおじいさまとおじさまにちょっと叱られていました」

「あい」

仕方がないとは思う。でも、ハンスに自分が文句を言うのはいいが、他の人がハンスを叱っていると思うとなぜか嫌なのだった。

「それより」

兄さまがくすくすと笑っている。ギルもやれやれという顔だ。

「王家の護衛ですよ。もちろん、あとでアルバート殿下にも叱責されたことでしょうけれど、まずハンスにがっつり説教されていて」

「はんすに？」

「リアは知らないかもしれませんね。ハンスはグレイセスと同じ、護衛隊の元隊長です。しかも特殊部隊、つまり王都外の護衛ですね」

「ええ！」

そんなすごい人だとは思わなかった。グレイセスは制服を着てなんだかピシッとしているのに、ハンスにはそういうところはなく、いつでもなんとなく力が抜けていて、よく言えば自然体だ。それなのに同じ仕事をしていたと言われてもピンとこないのだった。

「だから王都の外にも何度も出たことがあるらしいです。護衛の何たるかを延々と言い聞かせていました。ここまで王家の護衛だから遠慮していたんでしょうが、この道中、ずっと我慢していたようですからね……」

確かにいろいろなことがあった。特に煉獄島では何の役にも立っていなかったなあと思い出す。

「そんなわけで、お見合いまで終わったし、四侯をとんでもないことに巻き込んだということでファーランドの勢いをくじくことができたしで、まあ結果的にはよかったのです」

「にいしゃま……」

つまりは私たちは、数日中にはもう王都へ戻ってしまうということになる。ちょっとだけ残念な私である。

お見合いを最後に、和やかにお別れとなるはずだったのに、最後に大騒ぎとなってしまったが、キングダム側ではそれを外交材料に使うつもりはないらしい。

そんなことで小さな負い目を持たせるより、たんたんと貿易を通して交流を重ねたほうがいい。だから見合いを申し込んできたファーランドの体面をたてて、見合いは受けた。交流もした。ちょっとした事故はあったが、たいしたことはなかった。

残念ながら見合いはうまくいかなかったが、これからも仲良くやっていこう、という結論である。しかし、自分でちょっとした事故であると言うのはいいが、他の人にたいしたことはなかったと言われると微妙に腹が立つのも確かである。しかし、それは大人に対してだ。

「リア、ほんとうにごめんよ」

「僕もちゃんと見てなかったから」

ロークとジェフがうなだれている。人の話を聞かないロークと、人の話を聞いても流してしまうジェフがこんなにしおれているということは、よほど叱られたのに違いない。

「私たちの監督不行き届きでした」

「本当にすみませんでした」

二人の兄のジャスパーとロイドからも謝罪を受ける。監督不行き届きは本当のことで、それは最初から気がついてほしかったことだ。しかし、この兄たちもまだ子どもである。

「だいじょぶよ」

私はにっこりと笑った。

「じぇふ、ろーく、にこ。おはな、ほんとにありがと」

何のために屋敷の裏まで行ったのか、事故にまぎれて忘れてしまってはならない。お花畑は本当に嬉しかったのだから。

「リア！」

「くるちいでしゅ」

ぎゅうぎゅう抱き着くのはやめましょう。私に抱き着いていたジェフとロークは兄さまとギルに引きはがされた。兄さま、笑顔が怖いです。

「リーリア、すまなかったな」

「自分のことばかりで、周りのことが見えておらず、申し訳ありませんでした」

謝罪するこのファーランドの若い二人のお嬢さんたちも、まだ成人はしていないのである。それに、シエナはお見合いの時にちゃんとおやつを分けてくれた人だ。アル殿下がおやつが落ちないようにお皿にナプキンをかけるなどという気遣いができるわけがない。

もっとも、王族の一員であるテッサ王女は、もう少しちゃんとしていたほうがいい。

私は、謝罪する子どもたちの後ろの、ファーランドの随行員たちを厳しい目で眺めた。テッサ王女が来ているので、その中には護衛もいる。目立たなかっただけで、外交上の交渉などをしていたのかもしれない。しかし、四侯の子どもたち、つまり私たちへの対応は、全て自国の子どもたちにお任せだった。

そして、最後まで子どもたちに責任を取らせようとしている。

私は厳しい顔をしてずいと前に出た。

「おい、どうした?」

「ろーく、どいて」

ロークは戸惑いながら、私の後ろを見て、どいてくれた。おそらく兄さまが何か合図してくれたのだろう。他の子どもたちも脇によけてくれる。これで私の前にはファーランドの大人だけになった。

彼らは間抜けな顔で私のことを見ている。

私は腕を組んだ。ここはハンスも空気を読んで、「組めてねえ」などとは言わない。実際組めているのだし。

そして、一人一人をきちんと見た。端から端まで、ゆっくりと眺めた。

「りあ、ちぃしゃぃころ、しゃらわれまちた」

いきなり何を言い出すのかという目でファーランドの大人たちが私を見ている。今だって小さいだろうと笑いをこらえている人もいる。

「りあ、しゃらったひと、おぼえてりゅ。そちて、いま」

もう一度、端から端まで目をやった。

「ふぁーらんどのひと、おぼえまちた」

大人たちは一瞬ざわざわとして、それからしんとした。何のことかわからない人はどうしようもない。急に顔をひきつらせた人、真剣な顔をした人はまだ改善の余地があるだろう。

「こども、だめなこともしゅる。しょれをまもるのが、おとな」

あなたたちはちゃんと守ったのかと、やるべきことをしたのかと目で問う。それがわからないなら仕方がない。

「ぜんいん、ちっかくでしゅ」

「ブッフォ」

「はんすもちっかくでしゅ」

ハンスももう少しだけ我慢していればいいのに。私は言いたいことを言うと、くるりと振り向こうとして、兄さまに抱き上げられた。

いつの間にやら、私の隣にはニコが来て腕を組んで立っていたし、その斜め後ろには、ニコを守るようにギルが立っていた。他に見ぬキングダムの王族と四侯の瞳の色は、ファーランド一行に強い印象を与えただろうと思う。

そしてギルが口を開いた。

「貴公ら。四侯の、そしてキングダムの幼き後継を見極めようとここに来たのであろう。しかし心せよ」

私はその言い回しに内心驚いたが、顔には出さず、静かにファーランドの人たちを見つめた。

「同じように、ファーランドのそなたらも見極められていたということをな」

うん、かっこいい。

そして今度は兄さまが、何も言えずに固まっている大人たちから目を外し、両脇によけたファーランドの子どもたちを集めた。自分たちも責められるかもと思った子どもたちが神妙な顔をしている。

「楽しい語らいでした。あなたたちとの友誼は忘れません。またいつか、相まみえんことを」

大きい子たちの顔が明るくなったが、ジェフとロークはぽかんとしている。

これは私たちが翻訳してあげなければなるまい。私とニコは目を見合わせて頷いた。

「たのしかったぞ。またいつかあおう」

「たのちかった」

そういうことである。これで理解できたジェフとロークは明るい顔になった。

「ニコ!」

「リア!」

ほっとした空気が流れた。

要するに、子ども同士が仲良くなったから許すけど、大人が適当なことしてたらぶっ飛ばすぞと、そう言いたかっただけなのである、私たちは。兄さま、ギル、ありがとう。

これで本当に、ネヴィル領での滞在は公式には終わった。なかなかいい旅だったと思う。

◆

「くくく」

ピンクのポンチョが冬の終わりの風を受けてはためく。幼児一人、牧場に立つ。

「わたしもいる。それに、うで、くめてないぞ」

「くめてましゅ」

私は今、おじいさまのラグ竜の牧場に来ている。王都のオールバンスの牧場とは比べ物にならないほど広大である。そもそも、柵がない。

「柵がないことによく気がついたなあ。リアは賢いぞ。こんなに広い場所では柵を作っても意味がない。ラグ竜も私たちといたほうが安心だとわかっているので、野生の群れなんだかうちの群れなんだかさっぱり区別がつかないくらいだ」

おじいさまがははと豪快に笑った。

「しかし、待てよ。それにしてもいつもより多くはないか？」

首をひねるおじいさまに、厩舎の仕事の人が、大きく頷いている。

「今日というか、ミニーが戻って来た日あたりから増えてるんですわ。草原を移動中に小さい種類のラグ竜を集めてきたのかと思ったんですが、そうでもなくて、普通に野生の大きいラグ竜が増えていて、まるで元からここにいたみたいな顔をしてうろついていまして」

なんだか苦笑いである。

「多少飼料を余分に食うくらいで、なんの迷惑にもならないんでね。おそらくミニーが帰る頃、またいなくなるんだろうと放っておいてるとこですわ」

「一番妥当な考えだとは思うが、果たして本当にミニーのせいだろうか」

「他に何かありましたか」

おじいさまが意味ありげに私を見たが、いくら私だって野生のラグ竜をそこらへんから集めてくる力はないに決まっている。

おじいさまに連れられて、私とニコだけでなく、兄さまやギル、それにファーランドの子どもたちが牧場に見学にきているところなのだ。

「この規模はファーランドでも見たことがない」

「ファーランドでは各町ごとに必ず小さめの牧場があるけどな」

「それはキングダムでも同じだな」

大きい兄さま組が何か話している。

思い返してみれば、ウェスターに接しているタッカー伯の領地でも牧場は大きかったし、おじいさまのこの牧場も大きい。しかし、ウェスターでは、町ごとに公共の牧場はあったが、確かにあまり大きな牧場を見たことはなかった。しかも牧場にはローダライトの小屋が必ず付いていたように思う。

そして野生のラグ竜の群れはあまり見なかったような気がする。

「虚族がいないというのは、こういうことなんだな」

「夜の命の危険がないから、どんなところにでも牧場ができる」

それはその通りだろう。だが、それならばなぜラグ竜はみな結界の内側で暮らさないのか。野性のラグ竜なら安全を求めて、結界の内側に自然に入ってくるものではないのかと思う。虚族が水を越えられないというのがハンターにとって当たり前の知識であるように、バートあたりに聞いたら意外と普通に知っているかもしれない。生き物の生態はなかなか難しい。今度ウェスターに行ったら聞いてみようと思う。

しかし、私の今日の目的はミニーである。せっかく生まれ故郷に帰ってきたミニーが仲間たちと楽しく過ごしているのを眺め、あわよくば他のラグ竜にも乗ってみようと、そういうわけなのだ。ついでにファーランドの新しい友だちにも自分の竜を自慢したいという気持ちもないわけではない。

「みにー!」

「キーエ!」

本当はすぐ側にいてくれたのだが、ちょっと格好をつけるために呼んでみた。ミニーもたぶんわかって応えてくれている、気の利くラグ竜なのである。

「すげえ。こんなちっちゃいラグりゅう初めて見た」

「ファーランドでは見たことない」

ロークとジェフが驚いている。私とニコはそれを聞いて心持ち胸を張った。ちょっと待て、なぜニコも胸を張るのだ。

「ミニーはキングダムのいいものだ。キングダムのいいものなら、わたしがじまんにおもうのもとうぜんだ」

そう言われるとそんな気もする。ニコはキングダムの王子様なのだから。

「おじいしゃま、かごをちゅけてくだしゃい」

「おうおう、もちろんだとも」

おじいさまがニコニコと、かごをこちらへという指示を出す。

「試作したかごがいくつか残っているから、そっちの大きい坊主たちも乗ってみるか？」

「うん！」

「はい！」

そして用意されたかごはミニーの分の他に、二つ。左右振り分けかごになっており一組で二人乗れるので、つまり、私とニコの他に四人乗れるということである。

「私たちもいいんですか」

「もちろん。この種類のラグ竜は小さいが丈夫だし、大人二人がかごに乗っても一応大丈夫なように作ってありますからな」

ジャスパーとロイドは自分たちも乗れるのかと驚いたが、とても嬉しそうだ。ロークとジェフの小さい子組など、そわそわして落ち着かない。兄さまたちはオールバンスの牧場でたまに乗っているし、大きい人は結局騎竜の方が楽しいらしくわざわざかごに乗ったりしないので、私たちを微笑ましそうに眺めているだけだ。

さて、ここは私が見本を見せないといけないのではないか。

私は両手を広げてすーっと息を吸い込んだ。

「りあ、のりまーしゅ」

「あっ、リア様！　やられた！」

時すでに遅し。ハンス、敗れる。

ラグ竜が私の前ににゅっと頭を出してくれている。私はラグ竜の頭にギュッとしがみついた。

「りゅう！」

「ああ、殿下まで！」

殿下の護衛の悲鳴のような声も聞こえる。そして私とニコはまんまとミニーのかごに自分たちだけでスポッとおさまった。ジャストフィットである。もっとも、安全のための紐は大人につけてもらわなければならないが。

「はーやーくー」

「はーやーくー」

私とニコの声にせかされるように、しかし苦笑しながら兄さまとギルが自分のラグ竜にまたがった。

二人は最初からかごに乗るつもりはない。

「こうか?」

「こう?」

ロークとジェフが両手を広げて、竜の頭に抱き着こうとして護衛に止められている。大きい竜が頭を下げて子どもたちに応えようとしている。

一度見ただけでまねできるなんて、ラグ竜はほんとに頭がいい。私は自分のことのように誇らしかったが、護衛は大慌てで子どもたちと竜を止めている。

「リア様は悪い影響しか与えねえ」

そんなことはない。よい影響の方が多いでしょ。ハンスの声は聞かなかったことにする。

結局大きい人たちは台から、ロークとジェフは脇を抱えられてかごの中におさまった。

「いいですかな、それでは私たちが先導しますから」

おじいさまの声をラグ竜がさえぎった。

「キーエ」

「キーエ」

「ごほん。私たちが」

「キーエ!」

「キーエ!」

おじいさまが話すと、自分たちだけで大丈夫よ、と竜たちが騒ぐ。そもそもミニーの育った場所なんだし、竜が大丈夫と言っているなら大丈夫だろう。私は竜に声をかけた。

「よち。しゅっぱーちゅ！」

「キーエ！」

「キーエ！」

「あ、これ！　リア！　勝手に」

叱られたのは私たちじゃないわと、とっとっと竜が走り出す。兄さまとギルが少し離れて横を付いてくる。冬の終わりの風は寒いが、そこここに見える緑の草が春の気配も感じさせる。

「すげー！」

「気持ちいいな！」

「キーエ」

そうだろうそうだろう。私はかごの中で腕を組んで深く頷いた。もちろん、ちゃんと腕は組めている。外から見えなくても手抜きなどしない。

兄さまは一一歳で竜に乗り始めたけれど、普通はそれでも早いのだそうだ。つまり、小さい子どもはラグ竜と触れ合おうと思っても、竜車に乗るしか手段がない。竜車では、窓の外を眺めるくらいしか楽しみがない。

今、手で触れられるくらい近くにラグ竜がいて、ラグ竜が走っている視界を共有できる、こんなわくわくすることがあるだろうか。はっきりとはしゃいでいるロークとジェフだけでなく、その兄たちも顔をキラキラさせていた。

私はいつも持っている笛をごそごそと出した。お父様がくれた笛だ。

それでは、もう少し楽しくいこう。お父様に教わった通り、強く息を吹き込んだ。

「プー」

「キーエ！」

「プー」

「キーエ！」

竜が楽しそうに声を合わせる。

「みんなでぐるっとはちろう！」

「キーエ！」

走るのはラグ竜だけれども。

私たちとラグ竜は大はしゃぎしながら皆でぐるぐると牧場を回り、あとでしこたまおじいさまから叱られたのだった。むしろ柵もないのに遠くに行かなかったのを褒めてほしいのだが。

ラグ竜は知らん顔で逃げていった。

「こんどまたいっしょにラグ竜にのろうな」

ロークがこっそり耳元でささやいた。

「うん」

「約束だぞ」

頷く私に、ジェフもそうささやいた。

「うむ」

ニコが代わりに力強く返事をしてくれた。

私はちょっと助かったと思った。正直に言うと、約束が守れるかどうか自信がなかったからだ。四侯とファーランドの貴族がまた会うことは実際はとても難しいだろう。

でも、確かにきっとまた会えるような気がしたのだ。

第三章

小さなレディの奮闘
《フェリシア》

「姉さま、一日じゅうひとりでいるのはつまらないわ」

「クリス、そんなふうに言うものではないわ。でも」

夕食後、私の部屋に来てソファに座り、足をぶらぶらさせて口を尖らせているクリスを一応たしなめたが、その気持ちはわかる気がした。

「そうよねえ、つまらないわよね」

「姉さま」

クリスの隣に座ってそっと背中に手を回すと、クリスもしがみついてきた。

こんな暮らしは、たった一か月前にはクリスにとって当たり前だった。私が学院に行ったり、お母様と一緒に王城に行ったりしている間、屋敷でなんとか一人で過ごしていたはずだ。

でも、ニコラス殿下の遊び相手の一人として城に行くようになってからは、毎日が楽しそうで。

クリスがお城に行くようになる前から、せめて夜だけでも一緒にと思い、夕食後のひととき、こうやって過ごすようにはしていたが、不満だらけの毎日とは打って変わって、毎日何をしたかを楽しく話してくれるようになっていたというのに。

「殿下やリアがいない間も、お勉強はしているのよね」

「しているけど、おしろとおなじことをしていてもどうしてだかつまらないの」

私だって四侯の跡取りとして、五歳の頃にはきちんと家庭教師をつけてもらって勉強していた。つまらないこともあったけれど、やらなくてはいけないこととしてまじめに取り組んでいたと思う。クリスは跡取りではないから、それほどしっかり学ぶ必要はないのだけれど、だからと言ってさぼっていてよいということにはならない。

以前のクリスはさぼってばかりだったが、最近はきちんと勉強しているのはえらい。でもそれを面白く思うことまでは強制はできない。

私はクリスを励ますように微笑んで見せた。

「少なくとも、明日は私はお休みだから、一緒に遊べるわね」

「ほんと？　姉さま、木のぼりをしましょうよ」

「木のぼりだなんて！　まあ、姉さまは見ているわ」

クリスはソファの上で、座ったまま嬉しそうに上下に弾んだ。

もちろん行儀が悪いことなのだが、かわいくて思わず笑ってしまった。ニコラス殿下のもとでリアと遊ぶ、いえ、勉強するようになってから、こうして子どもらしいしぐさが出てきて本当にわが妹ながらかわいらしい。本当なら行儀が悪いとたしなめるべきなんだろうけれど、そんなことどうでもいいと思ってしまうほどだ。

それにしても。

私はクリスとおしゃべりしながら、イースターとの見合いの件を話すべきかどうか悩んでいる。

なぜお母様は、四侯の誰かとの見合いをという、イースターの話を受けてしまったのか。

本来なら私の婚約が決まりもしないうちに、妹の婚約を決めるべきではないし、そもそもがクリスは幼すぎる。形だけと言っても、これからのクリスの交流の妨げともなりかねない。

かといって、私が代わりに受けるわけにもいかないし、お母様は何を考えているのだろう。

本来なら当主であるお母様がクリスに対してきちんと説明すべきことだ。けれども、あのお母様がクリスにちゃんと話すかどうか。将来の旦那様を決めるから、お行儀よくするのですよくらいしか言わないような気がする。

それなら私から、クリスにきちんと説明して、少しでも心の準備をさせておくべきではないか。

もう見合いは五日後に迫っている。悩んだ私は、ほんの少し先延ばしして、明日遊んでいる時に話すことにした。

そして明日なんてあっという間に来てしまうのだ。

「姉さま！」

「ああ、危ない！」

私は木登りをするクリスを見ながら、思わず両手を握った。だってクリスが片手を離そうとするんだもの。

「あぶなくないわ。こうしてね、手を木からはなしても」

「ああ、手を離さないで！」

「もう一つの手と、足が二つともしっかりくっついていればだいじょうぶなの。リアがそうおしえてくれたわ」

そう言いながら着実に木を登っていくクリスは、貴族の子女とは思えない。確かに木登りは許可したし、いつもクリスにつけている侍女もまったく気にしていないということは、このくらいの木登りはいつもしているということなのだろう。

どうもオールバンスの兄妹には理解しにくいところがある。小さいはずのリーリアが、なぜかクリスに悪影響を与えているような気がするのだ。

「でもね、リア、じぶんではのぼれないのよ。のぼれましゅ、っていってるけど、けっきょくハンスやギルにささえてもらうの。それなのにまるでじぶんがのぼったみたいにおおよろこびで」

大きな枝に座って落ち着いたクリスがそう言って笑う。ハンスとは、リアに付いている護衛のことだろう。周りの者のことなど気にかけもしなかったクリスが、人の護衛の名前まで覚えるなんて。

それに、今までならそんなリアを馬鹿にしていただろうに、リアが喜んでいると楽しいのだという気持ちが伝わってくる。やっぱり、いい影響なのかしら。

城に行かせてよかった。

こんなにしっかりしてきたんだもの。イースターとのお見合いのこと、きちんとわかるように説明しておこうと私は心を決めた。

「あのね、クリス。姉さまね、少しお話ししたいことがあるの」

「なあに？」

「お茶を飲みながら話しましょうか」

レミントンにも温室はある。私は温室にお茶を用意するよう指示を出すと、喜んで木から下りてきたクリスと手をつないだ。

「リアはじぶんでは下りれないのよ？」

という話を聞きながら。

席についても、お茶よりもおやつに夢中なクリスに、私は静かに話しかけた。

「クリス、知ってるかしら。今度イースターから貴族の方がやってくるって」

知っているわけがない。そもそもイースターがどこかすら教わっていないはずだ。でも、クリスから返ってきたのは意外な言葉だった。

「知ってるわ。わたしがおみあいをするのでしょ」

「クリス！　なぜそれを……」

私は呆気にとられた。お見合いのことまで知っているなんて。

「メイドたちが言っていたわ。まだクリスさまは五さいなのに、おみあいだなんてって。よんこうにへんきょうの、えっと、へんきょうのちがまじることになるのよって」

「まあ」

私の向けた視線に、お付きのメイドたちは青い顔で首を振る。本当に心当たりがないのだろう。内容から言ってレミントンの者の言葉だと思うが、おそらくは直属でない者の噂話か。レミントンも質が落ちたものだと思う。

「どうせメイドたちに聞いてもこたえてくれないから、りゅうのうまやのじいやにきいてみたの。おみあいってなにって」

「まあ、クリスったら」

こんな場合なのにクリスの賢さがちょっと嬉しい。

「おじょうさまもそんな年ごろですかなって、そんなわけないのだけど、ちゃんとおしえてくれたわ。おみあいってね、しょうらいのだんなさまをきめるんですって」

私は何を言っていいのかわからなくなった。でも、驚きはそれだけではなかった。

「おあいてはイースターのひとなんですって。わたしね、おしろのべんきょうのじかんに、ちりもならっているのよ。せっかくリアがウェスターに行ったことがあるのだから、このさいキングダムのまわりのくにのこともまなびましょうって。オッズせんせいがそうおっしゃったの」

「クリス……」

私が考えていたより、クリスはずっと賢く育っていた。わがままに隠れて見えなかったけれど、いつの間にこんなに注意深く物事を見るようになったのだろう。

「いろいろかんがえることはあるの。姉さまでさえ、まだだんなさまはきまっていないのよね？」

「ええ、まだよ」

まだ決めたいとも思わないのだけれども。

「なぜおみあいはわたしなのかしらって。王ぞくとしてのぎむ、よんこうとしてのぎむはおしろでときどき聞かされるわ。でもリアは、てきとうに聞いてて『りあもくりしゅも、おまけみたいなものでしゅ。しゅきにちていい』って言うのよ」

クリスはくすりと笑った。リアが自分とクリスのことを、四侯の跡継ぎではないと理解し、おまけとまで言っていることに感心もするし、そんなふうに言わないでほしいと悲しい気持ちにもなる。でも、それは確かに真実でもあるのだ。

「でもねえ、おまけの子どもでも、お母さまのやくにたつのなら、それでもいいのかなって、そうおもうの」

お母様の役に立つなんて考えなくていいと、泣きたいような大きな声で叫びだしたいような気持ちを私は何とか抑えた。どう話したら、クリスにちゃんとわかってもらえるだろうか。

「お見合いはね、キングダムが受け入れた以上、しなくてはいけないの。でも、お見合いの相手を、必ず旦那様にしなくちゃいけないことはないのよ」

「そうなの？」

クリスはかわいらしく首を傾げた。

「クリスはどんな人だったら旦那様にしたい？」

「お父さまみたいな人！」

「私もよ」

お父様は優しい人なのだ。レミントンは国内外の農作物の取引もしているから、お父様は視察で忙しく、お屋敷にいないことも多いのが寂しい。

「でも、お相手がお父様みたいじゃなかったら？」

「それはいや」

「ね？」

クリスはわかったという顔をした。もう一つ、難しいことを話さなくてはならない。私はふうと大きな息を吐いた。

お母様はクリスには冷たい。というより、あまり興味がない。それをクリスもわかっていて、お母様に構ってほしくてわがままになっていた。そして今度は、お母様の言うことを聞くいい子になれば好きになってくれるかもしれないと思っている。

たぶん無理だ。何をしても、お母様の興味がクリスに向くことはない。

どうしてそんな冷たいことを言うのかって。

私は、かすむ温室の窓の向こう側を眺めた。

クリスだけではない。お母様は私にも興味はないから。クリスが経験してきたことは、私の経験してきたことだから。

せめてお母様が満足して、いい子ねと言ってくれたらと、そのためだけに、どれだけ努力をしたことだろう。跡継ぎだから、必要な機会には一緒にいてくれる。でも、どんなに頑張ってもそれ以上はないと、お母様の中には子どもに対する興味はないのだと本当に分かったのはクリスが生まれた時だ。

ただでさえ少ないお母様の愛情を小さい赤ちゃんが奪うに違いないと、生まれてくる妹を憎んでいた私は、その憎しみを忘れるほど愛らしい赤ちゃんに、ほとんど興味も示さないお母様に愕然とした。

あまりにも愛らしいクリスと、この赤ちゃんが私からお母様を奪うことはないのだという安心感から、私はクリスをかわいがることができた。けれど、子どもはやっぱり親の愛情が欲しい。

お母様を求めては振り払われ、私ほどいい子ではなかったクリスが相手にされずもがくのを見て、自分とすっかり同じだと驚いた。自分だってお母様に愛されていたわけではなかったのだとだんだんと心が冷えていったのを覚えている。

だから、お母様の役に立とうとしても無駄なのだ。

役に立っても、愛情をもらえるわけではないのだから。

「でも、せっかく会いにきてくれるのでしょ」

クリスの楽しそうな言葉に、私ははっと我に返った。

「そうね」

「それなら、ニコやリアのように、おともだちになれるかもしれないわね」

「旦那さまじゃなくて？」

「そう」

お母様の愛はどうせ得られやしないのだと、そんなことを説明できるわけがない。無理に旦那様にしなくてていいのだと、友だちでいいのだとクリスが思えるのなら、それでいいと私は思う。

「そうか、親善だと思えばいいのね」

「しんぜん？」

「国同士が仲良くするお手伝いってこと。クリスの言う通り、お友だちになれたらいいなってことよ」

「それならなんとかなるかしら。こんどはさいしょにくりしゅちんって言われても、おこらないようにするわ」

私はリアとクリスとの出会いを思い出して、くすくすと笑った。フェリシア様も声を出して笑うのですねと、こないだメイドに言われてハッとしたのを思い出す。クリスが楽しく過ごしているおかげで、私までなんだか楽しいのだ。

「きっとお相手は年上よ？」

「じゃあ、ギルやルークのようにだっこしてくれるかしら」

「まあ、あの二人、そんなことをしていたの？」

「だってリアもニコもだっこしてもらっているから」

それなら私もって思って、とクリスが続けた。ずるいわ。私だってクリスをいっぱい抱っこしたいのに。

「なら私だって抱っこするわ。クリス、お膝にいらっしゃい」

「いいの？」

私は隣に座っていたクリスを膝に抱き上げた。

「よいしょっと。あら、クリス。けっこう重いわ」

私が小さいせいか、クリスが重く感じた。ルークなど私より年下なのに、クリスを抱えて平気なのかしら。

「ねえさま、しつれいではなくて？　ギルなんて、クリスは羽のようにかるいぞって言うのに」

「まあ、ギルが？」

こんな小さい子に歯の浮くようなことを言うなんて。どうもあの人は軽い所があって苦手だ。それでも、そんなふうに気軽に話せる人がいてうらやましい。

そう、お話の途中だった。これだけはわかってもらいたいことがある。

「あのね、クリス。姉さまのこと、好き？」

「だいすきよ！」

「それは、姉さまがクリスの役に立っているから？」

「ちがうわ」

クリスは不思議そうな顔で私を見上げた。

「ただすきなの。リアもそうよ。ニコも」

私はクリスをぎゅっと抱きしめた。

「そうでしょ？　だからね、クリス。誰かの役に立とうとしなくていいの。もちろん、お母様の役に立たなくてもいいの。姉さまはね、無理しているクリスじゃなくて、楽しくて笑っているクリスが好きよ」

「そうなの？　じゃあ、おべんきょうはしなくても」

「それはやらなくちゃダメ」

ちゃっかりしたクリスに思わず笑いだした私とクリスの笑い声が温室に重なる。

あまり考えすぎても仕方がないのかもしれない、なるようになると、少し気持ちを和らげることができたのだった。

そして数日後、レミントンの屋敷にイースターからの客人を招くという形で、お見合いの席が設けられた。

久しぶりにお父様もお母様も揃い、屋敷の大人は緊張して準備に走り回っているが、クリスはとても嬉しそうだ。

おてんばでわがままに思われているクリスだが、ミルクティー色の柔らかい髪も、同じ色の大きい瞳も、黙っていればおとなしやかな印象である。その優しい感じをそのまま生かすよう、装飾は抑え、淡いクリーム色にこげ茶を重ねたドレスを着せられている。

あれこれ服を合わせるのに、クリスはずっとお母様と一緒にいられて機嫌がよかった。

お母様は、本当に服の趣味がいい。私は嬉しそうにお父様とお母様にまとわりついているクリスのかわいらしい様子に目を細める。

クリスの髪の色は私と同じで、お母様の色を受け継いだ。そしてお父様の、優しい薄茶の目の色をさらに淡くして受け継いだ。三人で一緒にいるところを見ると、お父様とお母様の素敵なところばかりもらったかのようで、本当にかわいらしい。

「客人がそろそろいらっしゃいます」

執事の言葉に皆で外で出迎える準備をする。キングダムでは、王に頭を下げる必要はないとされる四侯ではあるが、他国からの客人に礼を尽くさないわけにはいかない。まして、イースターの王族も来るとあっては。

急に決まったことで、お互いの絵姿なども交換できていない。それでも、子どもだから会えばきっと大丈夫でしょうと言う根拠のないお母様の自信はどこから来るのか。

お相手は一〇歳と一五歳の兄弟だそうで、どちらに決まってもいいそうだ。とはいえ、常識的には一〇歳の子の方がクリスのお相手だろうとは思う。

「どちらにも決めなくてもいいのですよね、お母様」

どちらかでいいのだと言われれば、「どちらかを選ばなければならない」という気持ちになるものだ。私はそうしなくていいのだとクリスに聞かせるために、改めて確認した。

「もちろんよフェリシア。お見合いとはいえ、当人の気持ちが伴わなくてはどうしようもないもの」

お母様はおかしそうにころころと笑った。私はちょっと安心した。

「そうそう、フェリシアもきちんとした格好をするのよ」

「私は今回は添え物ですし、お相手が一五歳ということを考えると、なるべく目立たぬ方がよいと思います」

私はお母様の容姿をそのまま受け継いでいて、美しいのだそうだ。正確に言うと、守ってあげたくなるようなはかなさがあると言われている。現当主、次期当主の覚悟を持つものがはかないだなんてありえないのに。ばかばかしい。

私はふんと鼻息を吐いた。あら、リアみたいだったかしら。私はばれていないかこっそり左右を見渡した。大丈夫なようだ。

でも、着飾ればそれなりに目立つ。一〇歳にしろ、一五歳にしろ、五歳より一六歳の女性の方に目が行くのは当然のことだ。今回の主役はクリスだ。私は陰に徹する。

とはいえ、お母様には逆らいきれず、いつもよりはきちんとした装いをさせられている。

外に出て待つ私たちのもとにすぐに軽やかに数台の竜車がやってきた。

先頭の竜車から、せっかちな様子で少年が一人、そしてそれを引き止めるような形で慌てて大きな少年が一人降りてきた。この二人が今回のクリスのお相手だろう。

「こら、ハリー。侍従が先だと言っているのに！」

「ごめん、兄さま。早く外に出たくて」

二人とも緩くウェーブした濃い金色の髪に、緑の瞳をした活発そうな子どもたちだ。キングダムの典型的な貴族と同じ色あいをしている。

「ふぇりちあとほとんどおなじとちでしゅ」

一瞬、リアの声が聞こえたような気がして、ちょっとお姉さんぶっている自分にくすりと笑みがこぼれた。

竜車から慌てて侍従が出てくるのと同時に、後ろの竜車からも人が降りてきた。

私は驚きで一瞬目を見開いた。

金色の髪、金色の瞳。キングダムの王家と同じ。イースターの王家がキングダムと似た色が出ることは聞いていたが、ここまで似ているとは思わなかった。

でも違う。ぶしつけに見るわけにはいかないから、一瞬目に入っただけだが、何が違うと思ったのか自分に問いかけてみる。アルバート殿下より二つ年上、なのに落ち着いている。やや吊り上がり気味の目、薄い唇、がっしりした体格と相まって、色さえ違っていたら、そう、貴族というより護衛のような雰囲気なのだ。

「ようこそレミントンに」

お母様の柔らかい声が響く。

「お招きありがとうございます。私が兄のブラン・ラディスラス。こちらが弟の」

「ハリー・ラディスラスです」

本来なら王族を優先すべきなのだろうが、今回はあくまで観光と付き添いという体裁なので、イースターの王子は後回しだ。

「付き添いのサイラス・イースターです」

低い挨拶の声は、何の感情もこもっていなかった。無理に押し込んだ付き添いなのに、何の関心もないの？　それとも、感情を隠すのがうまいだけ？　私は目を伏せたまま紹介を待つ。

「お久しぶりね」

「はい。アンジェリーク殿にも、ブロード殿にもお変わりなく」

私は驚きを外に出さないように努力した。大人がどのような社交をしているのか私が全て把握しているわけではないけれど。

国外に出ないお母様とお父様が、どうしてイースターの王族と知り合いなの？

「さあ、こちらが跡取りのフェリシアよ」

順番としては私なのだろうが、主役はクリスだろうにと、もやもやする気持ちもある。

「はじめまして。ブラン様、ハリー様。そしてサイラス殿下。フェリシア・レミントンです」

順番に挨拶し、軽く目礼する。

「そして、もう一人の娘、クリスティン」

「はじめまして。クリスティン・レミントンです」

クリスがはきはきした声であいさつした。素晴らしいわ。こないだまでまともな挨拶もできなかったのに。子どもは子ども同士、緊張よりも楽しさが勝る様子に私はほっとした。

「それでは中にどうぞ」

春が近いとはいえまだ冬だ。無事顔合わせが済んだので、応接室に招く。旅の様子などをはきはきと話す少年たちは感じがいいが、さすがにクリスが飽きてそわそわしてきた。あらかじめ打ち合せしていた通り、子どもは子どもで交流を深めようということになった。

「お外とおうちとどっちがいい？」

クリスがそう言いながら嬉しそうにぴょこんと立ち上がった。

「外だな」

「ハリー。幼い子には外の空気はまだ冷たい」

お兄さんのブランに言われて、ハリーははっとした顔をした。

「いいのよ。いつもお外であそんでいるから。さむくなるまえにおうちにはいればいいのよ」

クリスの言葉に私は微笑んで立ち上がった。

「私も付いていきますので、無理はさせませんわ」

大人の話に入るのは面倒だ。いずれそうしなければならないのかもしれないが、今は少しでもクリスと一緒にいたい。

「では私も」

サイラス殿下が立ち上がる。

「いえ、私だけで十分です。子どもの相手など、殿下はお気を使わず、父や母と共にお過ごしくださいませ」

私はそう断ったが、殿下はお父様お母様に目礼すると、私の後を付いてきた。付いてきてもいいけれど、クリスを見なければならないのでお相手はいたしませんよと心の中で断りを入れる。

護衛も引きつれて、クリスはいつものように、それでもブランとハリーの様子を気にしつつ外に向かう。

「おにごっこに、木のぼり、なにがいいかしら。もちろん、お花が見たければおんしつもあってよ」

花と温室という言葉にお兄さんのブランの方がピクリとしていたが、弟のハリーは「木のぼり」に引かれたらしい。せっかくおしゃれした服も何のその、私も連れて行かれたばかりの木のところで、二人で一生懸命木登りをしている。私はクリスが十分木登りできることを知っているので、落ち着いて見守ることができた。

自然と、残りの三人で幼い二人を見守るような形になった。

「クリスティン殿は、その、ずいぶん活発なように思われます」

「ええ、ブラン様。体を動かすのが大好きなのです。でも学問の方も頑張っておりましてよ。ニコラス殿下のお勉強の相手も務めておりますもの」

このお見合いはできれば成功しない方がいい。でも、クリスのことをついつい自慢してしまうのは許してほしい。

「大変残念なことに、ニコラス殿下は視察にお出かけとうかがいました」

「はい。幼いうちに見聞を広めさせたいと、アルバート殿下が北部の視察にお連れになったと」

「まだ三歳だとか。それに、せっかくだからリスバーンとオールバンスの次代にもお会いしたかったのですが」

確かにブランの年回りだと、あの二人はちょうどいいだろう。私よりほんの一つ年下のブランは、私にはあまり興味がないようだ。私は少し気が楽になった。

「ギルとルークですね。きっと興味あるお話ができたと思いますわ。でも、今回はレミントンで我慢してくださいませ。よろしければ後で温室をご案内いたしますよ」

「我慢などと」

ブランは慌てて私の方を見て、頬を少し赤くしてすぐに目をそらした。

「はい。よろしければお願いいたします。私は植物に興味があるのです」

かわいらしい。ギルとルークに見せてやりたいわ。私は今頃北部に行っているだろう二人を思い浮かべた。普通一五歳くらいって、こうじゃないかしら。よく考えたら、ハリーはルークと二歳違いなのね。

微笑ましくクリスとハリーを眺めていたら、ふいに傍らから声がして驚いた。

「ギルバート殿とルーク殿、そして愛らしい妹君とは、ウェスターでお会いしたことがある」

今まで影のように静かにしていたサイラス殿下が、名前を聞いてふと思い出したというように口に出した。ブランが驚いて殿下の方を振り返った。

「サイラス殿下、そんなことがあったのですか。ウェスターで、ですか？」

サイラス殿下はかすかに頷いた。

「ウェスターの王城に用事があった際、お三方とも偶然にもいらしていたのだ」

「しかし、ルーク様の妹といえば、まだ幼子ではありませんでしたか」

「二歳になったばかりだが、当時はまだ一歳半ほどだった。だが、ニコラス殿下の遊び相手を過不足なく務め、北部の視察にも同行しているという、変わった幼児だぞ」

いくらリアとはいえ、変わった幼児というのは失礼極まりない言い方である。私はルークの代わりに、一言言わねばなるまいとサイラス殿下の方を向いた。でも待って。

確かに四侯は有名だ。この間二歳のお披露目もした。しかし、リアがニコラス殿下の遊び相手であるということはそれほど広がっていないはずだし、まして過不足なく務めるとか、北部へ同行しているとか、なぜこんなに詳しいのかしら。

「フェリシア殿。私は既に、キングダムの王へのご挨拶は済ませておりますゆえ」

サイラス殿は、私の疑念を感じ取り、陛下にお会いしたその時にいろいろ聞いたのだと暗にほのめかした。ということはクリスのことも知られているのかしら。それならなぜ、ブランは知らないのかしら。サイラス殿下が王族だから特別なの？

「さすがアンジェリーク殿の娘御。はかなげに見えて、頭がよく回る」

褒めているようでいてカチンとくるのはなぜだろう。サイラス殿下とは気が合いそうにない。私はその後はブラン様を中心にお話し、サイラス殿下と話すのは儀礼的なものにとどめた。サイラス殿下はそれを片方の口の端を上げて面白そうに見ていたが、失礼というほどではなかったと思う。

その後温室に案内し、クリスとハリーが飽きた頃を見計らってお母様とお父様のところに戻った。

「お母さま！　たのしかったわ！」

ニコとリアがおらず退屈な思いをしていたクリスは、見合いがどうということではなく、久しぶりに思い切り遊べて本当に楽しそうだった。

「それはよかったわ。少しお茶を飲んで休みましょうか」

そう言ってお母様は私の方を見た。何だろう。

「クリスはとてもお利口にしていましたし、ハリー様もブラン様も素晴らしい方ですのね」

一応付き添いとして、見たことはきちんと伝えておこう。

「そう。それはよかったわ。それでフェリシア」

あなたは？　というように首を傾げた。私がどうしたというの？

私はクリスの単なる付き添いで。私は。

私ははっとしてサイラス殿下の方を見た。ハリーやブラン、お父様と話していた殿下は、すぐ私の視線に気がついてこちらを見、口の端を上げた。

あきれた。目が全く笑っていない。あれがもしかしたらサイラス殿下の微笑みなのかしら。

なんとなく苛立った私は、お母様を見、そしてその期待するような表情を見て初めて気がついた。

私。

私なのね。

お母様は、クリスを隠れ蓑にして、私とサイラス殿下を会わせたかったのだ。

その男、完全に黒《ディーン》

「ルークにもリアにも、イースターの第三王子には警戒しろと言われたが、さてな」

「さてなって、ディーン」

　隣でスタンがあきれたように首を振っているが、正直なところ、私は判断を下しかねていた。もし第三王子がウェスターでリアをさらった犯人だとしても、最初からそういう目で見ては、その人となりに正しい判断はできない。

　だからといって、もし本当にリアをさらった犯人だとしたら、その意図を暴き、裁きたい気持ちもある。しかし、イースターという国自体、キングダムに対しての外交は今までと全く変わらないなか、なぜ第三王子だけがオールバンスを害そうとするのか、まったく推測ができない。リアの証言とルークの勘以外に証拠などないのだから。私はもやもやした状況のまま、第三王子とまみえることになってしまった。

「まあ、はっきり言って、お前には人を見る目がない。曇りない目で見ろと言っても、見えないものはしようがないものな」

　スタンが私を見くだしたように言う。困ったやつだという気持ちが伝わってくる。

「それはさすがに言い過ぎではないか。社交においても商売においても、困ったことなどほとんどないぞ」

見る目があると思っているわけではないが、困ったこともない。一応反論はしておく。

「見る目があったらそもそも離婚などしていないだろう」

それを言われると若干つらい。

「それに、相手が悪人だろうと善人だろうと、自分に直接影響がない限り、あるいは多少あったとしても、他者にまったく興味がないから見る目が養われなかったんだぞ。自業自得だろう」

今日のスタンはやけに厳しい。しかし、他者に興味がなかったというのは事実なので、おとなしく口をつぐんでいることにする。

「いいか、ディーン。第三王子に先入観は抱かなくていい。だが、興味は持て。それほど会話をする機会があるとは思えないが、少ない機会を生かして、相手をなるべく読み取ろうとすることが大切なんだ」

興味を持つということそのものが私にとって難しいが、もし本当に第三王子がリアを害するものだった場合、しっかり見極めないとならない。私は覚悟を決めて、レミントン家のパーティに向かった。

「まあ、ディーン、スタン、ジュリア、来てくれて嬉しいわ」

「お招き感謝する。ブロード、久しいな」

相変わらず美しいアンジェが機嫌よく挨拶してくれた。たとえ他国の王族が来たとしても、キングダムが招いたわけではないから、城で公式に歓待するわけにはいかない。レミントンが個人的に歓迎するという形でのパーティになっているのはそういうわけである。

「仕事の関係で忙しかったからな。ディーンもスタンも元気そうで何よりだが、ルークにもギルにも会いたかったな」

娘をかわいがってはいるが、息子のいないブロードは、ルークのこともギルのことも気にかけてくれている。スタンの妻のジュリアがリアを気にかけているのと同じようにだ。だが最近は商売に熱心で、王都にいないことが多いので久しぶりの再会である。

「それで、どんな様子なんだ」

スタンがストレートに聞く。アンジェが眉を上げるが、アンジェに聞いているのではないので、ブロードが仕方なさそうに苦笑した。

「クリスのおてんばぶりから見合いは少し難しいと思ってはいたが、私が忙しくしている間に、随分人のことを思いやれる子に育っていてな。よほどニコラス殿下のところでよい勉強をしているのだろう。まあ、相性はよさそうだが、まだ先の話だ。お互い候補の一人として考えるというくらいだ」

まだ先の相性を見る、そんなことのためにわざわざキングダムまで来るだろうか。リアを遠ざけることを中心に考えたから興味は薄かったが、この唐突な見合いについてはかすかな違和感がずっと付きまとっている。

「ともかくも、紹介にあずかりたいのだが」

「珍しいな、ディーン。たとえイースターの王族であっても、興味などもたないと思っていたよ。モールゼイのようにパーティになど来ないことさえ想定していたのに」

私はどれだけ人に興味がないと思われているのか。そしてモールゼイはやはり顔を見せなかったか。

ハロルドはある意味、王族よりキングダムらしい男だから、そういう態度に出ることもあり得るとは思っていた。

「王族はともかく、クリスの相手はルークと年回りが同じ子たちだろう。一応顔合わせをしておいても損はなかろう」

第三王子目当てと思われないように、我ながら姑息な言い方である。

広いホールを見渡すと、レミントンの娘のフェリシアが、金色の髪の男のもとに付いているのが見える。その足元で跳ねているのがクリスだ。ミルクティー色の柔らかい髪色は私にとっては金よりも目立つ。来た客に挨拶をしている両親の代わりに、ゲストをもてなしているのだろう。まじめな子だ、と思う。

「ほら見ろ、フェリシアにでさえごく最近興味を持ったばかりで、さっぱりその性格などつかんでいなかっただろう」

スタンに小さな声で言われても、事実なので言い返せない。リアとクリスがかかわるようになり、その関係でやっとフェリシアにも目が向いたところだからだ。

しかし、私が今見るべきはイースターの第三王子である。金の髪、がっしりとした、貴族というよりは護衛のような体つき。そして。

近くに私たちが来るのを察したのか、こちらに振り向いたその目は、王族と同じ、金色だった。

「ほう、噂通りの王家の色か」

スタンが思わずと言ったようにつぶやいた。しかし私は色ではなくその目つきの方に引っかかった。

金の目など、城に行けばゴロゴロしているではないか。

気になってこちらを振り向いたはずなのに、振り向いた先に価値を感じない目。それは確かにどこかで見たことがあった。

他者に興味のない目。自分のことですらどうでもいいと思っている目。鏡の中から、いつもこちらを見返している目。

私か。

思わず下を向き、苦笑した。確かにどこかで見たことがあるはずだ。

「ディーン？」

「ふ、なんでもない。なんでもないんだ」

さて、人を嫌わないリアが気をつけろと言う第三王子と対面だ。

アンジェとブロードはまだ挨拶が残っているので、客人をフェリシアに紹介してもらってこいということになった。確かにフェリシアはしっかりしているが、この夫婦はフェリシアに頼りすぎではないのか。いや、四侯の跡継ぎなどそんなものか。誰もが幼い頃から当主としての役割を果たすよう求められている。

「フェリシア」

スタンがこちらに気がついていないフェリシアに声をかける。

「まあ。ようこそいらっしゃいました。スタンおじさま。ディーンおじさま」

「珍しい客人がいるというので、出向いてきたよ」

「そうなんです」

そう言ったフェリシアは微笑んではいたが、目は笑ってはいなかった。緊張しているのだろうか。フェリシアとはお互い名前を呼ぶ機会もなかったが、リアがきっかけでこうして名前を呼び合う関係になっている。そして、隣にいた金色の髪の若者を紹介してくれた。

「サイラス・イースター殿下です。こちらはスタン・リスバーン様とディーン・オールバンス様」

「こちらが四侯のお二方ですね。私のことはサイラスと呼んでください」

そう静かな声であいさつをする若者は、ごく普通の貴族の若者に見えた。いや、普通過ぎる。たいていの若者は、四侯と聞けば多少は怯むもの。あるいは好奇心が強く前に出ることもある。しかし目の前のその若者にはそれがない。

「私のことはスタンと。サイラス殿下」

「私もディーンと」

その時初めて正面から目が合った。王子の切れ長の目がほんの少しだけ見開かれ、口の端もほんの少し上がった。まるで何かいいものでも見つけたかのように。私が金色の目を確認したように、王子も私の淡紫の目を確認したらしい。

「淡紫の目。久しぶりに見ました。ああ、唐突に失礼しました。お聞き及びかどうか、ディーン殿のご子息とお嬢様にはウェスターでお会いしたことがあるのです。もちろん、スタン殿のご子息ともですが」

ルークとリアの話によると、どちらとも気持ちのいい出会いではなかったはずだが、このさわやかな言いようは何だろう。あらかじめ話を聞いていなかったら、よほどいい出会いだったと思っていたところだ。

「子どもたちからは、幼子とはいえ、娘が失礼な態度であったと聞いております。寛大な対応に感謝いたします」

「いえ、そんな。何か機嫌を損ねられていたご様子でしたが。その強い意志と行動力には、ただ感銘を受けるばかりでした」

形ばかりの私の謝罪に、第三王子は何とでも解釈できそうな返事をした。そしてふと何かを思い出したかのように少し遠くを見るような目をした。

「またお会いしたいものです。今度こそしっかりと、いいえ、今度こそゆっくり、話をしてみたい」

「ルークは私が言うのもなんだが大人びた子ですからな。次の世代どうし、話が合うこともあるかもしれませんな」

おそらく王子の言っている相手はリアのことだろう。しかし、私はあえてルークへと話を振った。

「ルーク殿。そうですね、フェリシア殿ともお会いできたし、ギルバート殿ともリア殿とも、四侯の方々とはいずれはまたお会いしたいものです」

やはり今度こそと言ったのはリアのことだったか。確かにリアの愛らしさは飛びぬけているけれども、大人がまた会って話したいとは何と言っていいものやら。

私は思わず王子から目をそらして、パーティに集まった人々の方を眺めた。そうでもなければ何か余計なことを言ってしまいそうだった。

ルーク、リア。疑ってすまなかった。

この男は、黒だ。

悪人ともまた違う。話をしていても受け答えが微妙にすれ違っている感じ、同じ地平に立って話ができていない感じがして、気持ちが悪い。

そんななか、一服の清涼剤のような声が聞こえた。

「サイラスさま、リアがしつれいだったたって、なんのこと？」

「クリス！　話に割り込んではいけません！」

フェリシアが慌ててクリスを止めている。

「失礼だったということではなかったよ。リア殿は今でもぬいぐるみを持って歩いているだろうか」

サイラスが形だけはにこやかにクリスに答えている。

「ラグりゅうのぬいぐるみね！　いつもではないけれど、たいせつそうにもってあるいているわよ」

サイラスは愉快そうな顔で頷いた。

「そうか。あのぬいぐるみを足にぶつけられたのだよ」

「まあ！　リアがそんなことをするなんて」

クリスは驚いたようにサイラスを見上げた。

「サイラスさま、リアになにかいじわるをしたのではなくて？」

「それは」

あまりにも意外なことを聞かれたのであろう、王子が返答に詰まっている。

もっとも、サイラス王子でなくても小さい子に意地悪をしたのかと問われれば、答えには詰まるだろう。

意地悪をしたのではない、手荒な方法でさらおうとしただけですよとは言えまい、と、私は心の中で皮肉を言うにとどめた。そしてクリスに対する評価を一段上げた。

リアは機嫌を損ねたからといってぬいぐるみを意味もなくぶつけるような子ではない。それをわかっているクリスはさすがリアの友だちでいるだけのことはある。

意地悪などしていませんよとクリスに言い訳をすると、自然に話題はリアたちのことから離れていき、ほっとしたというのが本音である。

その後、ハリーとブランという、聡明そうな子どもたちとも軽く会話を交わし、第三王子とも当たり障りのない会話をし、無事パーティーは終わった。


「無事終わったと思うのかよお前は、ディーン」

「それは」

今回は第三王子の見極め、それは無事済んだはずだが。いや、たとえ第三王子が警戒すべき人物ではないとしても、少なくとも今王都にはリアとルークはいない、それなら心配することもないはずだ。

「ルークとリアだけが無事ならそれでいいという問題ではないぞ。クリスの見合いも大事にならずに済んだとしか思っていないとしたら、ディーン、お前本当に」

スタンは私を見て、ため息をついた。そう言われても、問題が何なのかやっぱりわからない私に、スタンは駄目な奴だな、という視線をよこした後、一言だけつぶやいた。

「フェリシアだ」

「フェリシア」

何のことだ。後継ぎとして仕事を任されすぎているとは思ったが、

「やっぱりわかっていなかったか。第三王子に集中しすぎて、フェリシアの様子がおかしかったのに気がつかなかったんだろう。いつもまじめな子だが、とても緊張した様子だった。お世話係だから仕方がないから側にはいたが、できるだけ第三王子から距離を取りたいと、なるべく親しくするまいとしていただろう」

「気がつかなかった」

私は愕然とした。

「ブロードがこのことを知らないわけがない。アンジェか、ブロードか。今回のことを計画したのはどっちだ。おい、ディーン。今回の見合いは、クリスと見せかけてフェリシアと第三王子だぞ」

「まさか。フェリシアは四侯の次代だぞ」

スタンは右手でいらいらと前髪をかきあげた。

「そうだ。だからキングダムからは出られないはずなんだ。いったい何を考えている。イースターも、レミントンも」

そしてそれにリアがどう関係するというのだ。どうやら無事に終わったでは済みそうになかった。

からつるっと滑り落ちた。

「ああっ！　だけど慣れてるもの！」

　コカトリスの卵は滑りやすいのだ。サラは自分のバリアでえいっと卵を包むようにした。卵は結界の手前で止まった。

「セーフ」

「ガウ」

「オオカミの口には入らないよーだ」

　よく考えたら結界で卵は止まったはずなのでバリアの意味はなかった。とりあえず悔しそうな高山オオカミは放っておいて、サラは大きな卵を抱えて山小屋に持ち運んだ。

　ひと抱えもあるコカトリスの卵は大きいだけで味は普通の卵と同じだ。つまりおいしい卵料理がたくさんできるということだ。

「何を作ろうかな……。あ！　アレだ！」

　大きなお鍋に、小麦粉、お砂糖。それに卵があれば、ふわふわのカステラができるだろう。

「そういえば、日本ではちょうどバレンタインの季節だなあ」

　そうはいってもサラにはロマンチックな思い出などない。サラの学生時代には、もう恋人たちのお祭りではなく、友だちとおいしいチョコやおやつを分け合う行事と化していたから、とにかくクラスの友だち分作るのが大変だったなと思い出す。

「何はともあれ、卵を泡立てるのが大変だもの。ここは身体強化でネリーにやってもらおう」

「いつものようにふくらし粉ではだめなのか？」

「ふくらし粉も使うけど、卵も泡立ててから入れるとすごくふんわりするんだよ」

「ほう」

　掃除や料理が苦手なネリーは一見すると不器用そうだが、強いハンターだから魔力の扱いはうまい。つまり、卵の泡立てなど慣れればお手の物であった。

「ネリー、すごい！」

「なんのこれしき」

　照れるネリーはとてもかわいい。ネリーがあっという間に泡立てた卵を加えたカステラは、オーブンから出すとキツネ色にこんがりふんわりと焼きあがっていた。

「さっそく食べよう」

「だめだめ、もうひと仕上げだよ」

　サラは作っておいた紙の切り抜きをカステラの上に置き、慎重にお砂糖を振りかけた。

「できた！」

　大きいカステラには、大きいハートや小さいハートがいくつも飛んでいた。

「かわいい模様だが、いつもはこんなことしないのに、どうした？」

「へへへ」

　サラは照れくさそうに笑うと、胸の前で両手を組み合わせてハートを作った。転生前の歳なら若干痛い人だが、十歳ちょっとの今の体なら全然おかしくない。恥ずかしくなんてないんだからねと自分に言い聞かせながら。

「これ、大好きだよって意味なの。ほら、私の心の形」

　本当はこの世界の心臓がハートの形かどうかは知らないのだが、心の形はどこもこんなものでしょうと割り切った。

「今日はね、元の世界で、大好きな人にお菓子を送る日なの。ネリー、えっと、これからもよろしくお願いします」

「サラ……。もちろんだとも！」

　感動して顔をくしゃくしゃにしたネリーにギュッと抱きしめられたサラは、つぶれる前に苦笑しながらバリアを張った。

　魔の山でも、ハッピーバレンタイン。

『転生幼女はあきらめない』
×
『転生少女はまず一歩からはじめたい』
同月発売コラボ!!
『転生少女』
限定SSが
読める!!

『転生少女はまず一歩から
はじめたい』シリーズ

[著者]カヤ
[イラスト]那流
[発行]KADOKAWA

魔の山でハッピーバレンタイン

サラの住む魔の山にも、雪は降る。しかし、降った雪は二、三日で消えてしまうので、積もったままということはない。

サラは寒さで白くなる息を吐いて手を温めながら、背伸びしてネリーが帰ってこないかと待ちわびているところだ。

「ガウ」

「ガウー」

「雪が降ってもちっとも寒そうじゃないよね、君たちは」

消え残った雪の上をどっすんどっすんと転げまわって遊んでいる高山オオカミは心なしか楽しそうだが、かわいくなんてない。

「サラ!」

「ネリー!」

サラがオオカミに気を取られている間に、ネリーが帰って来たようだ。手を振るネリーはよいことがあったのか足取りが弾んでいる。サラもなんとなくわくわくした。

「サラ！　今日はいいものが獲れたぞ」

山小屋のそばまで来てネリーがニコニコとポーチから取り出したのは、コカトリスの卵だ。だが大きな卵はネリーの手

第四章

秘密基地

ニコ一行、いや、アルバート殿下一行が、ファーランドとのお見合いから王都に戻ってきた頃、すでに若葉が芽吹く季節になっていた。つまり一緒に行った私が戻ってきた時には春になっていたということである。

よく手入れされた屋敷の庭は一面緑で、温室ではないところにもさまざまな花が咲き乱れている。窓から入ってくる午後の風も少し寒いがさわやかだ。

私はお昼寝から起きたところで、これから庭に行こうか部屋で遊ぼうか考えているところだった。

「リア！」

玄関からお父様の声が響く。オールバンスの屋敷は広いので、かなり大きな声を出しているのではないか。私は普通に自分の部屋にいるのだから、遠くで叫んでも仕方がないというのに。

「おとうしゃまがさがちてりゅ！　はんす！」

普段なら部屋から駆け出すくらい嬉しいのだが、このところ構われすぎて正直うっとうしい気持ちの私は、急いで隠れるところを探した。

「はいよ。無駄だとは思いますがね」

「はやく」

「はいはい」

ハンスは私を抱え上げると、部屋をざっと見渡して、出窓の端っこにそっと下ろしてくれた。私はできるだけお腹を引っ込めると、窓のカーテンと一体化するようにまっすぐに立った。

「微妙にお腹が出てます」

「ハンス！」

ハンスの失礼な言葉に怒ったのは私ではない。ナタリーだ。ナタリーも最近、自分からいろいろしてくれるようになった。もちろん、失礼なハンスをたしなめてくれたりもする。

「お腹が出ているからこそかわいらしいのです！」

「なたりー、ちっかく」

「ええ？」

ナタリーが心外ですという顔をしているが、むしろなぜそれで褒めていると思えるのか。

いや、そんなことを言っている場合ではない。リアと呼ぶ声が近づいてくる。

ハンスは入口側の壁の目立たないところに下がり、ナタリーは落ちてもいないごみを探してうろうろしている。

「リア！」

ドアがバンと開いて、お父様が飛び込んできた。そもそもお父様は娘の部屋といえどもノックをすることを覚えるべきである。

「リア？」

いぶかしげな声が聞こえるが、部屋をざっと眺め、私がいなくて不思議に思っていることだろう。

普段からかくれんぼは鍛えられているから、そうそう見つかりはしない。

「ハンス？」

「ここに控えております」

「ナタリー」

「はい。すみません、お掃除中で」

二人も何とかごまかそうとしてくれている。

しかし、そんな小細工は通用しなかった。

「リア！　かくれんぼか？」

一瞬で見つかってしまった。さすがファーランドの小さい子たちとは年季が違う。

「お、おしょとにとりがいて」

隠れていたのではなく、鳥を見ていたことにしよう。

「鳥か。リアが鳥を見たいのなら、窓の外で餌付けをしてもいいが」

「ちないでしゅ。ここ、にかいでしゅよ」

防犯上の観点からバルコニーのない部屋にしたのはお父様である。どうやって窓の外で餌付けをするというのか。

そんなことをぼんやりと考える私をお父様はさっとすくい上げると、抱っこして部屋を出ようとした。どこに行くとか、何をするとか、私に一言あってもいいと思う。

「ご当主、どちらに？」

ハンスが護衛らしく声をかけた。

「執務室だ。リアが側にいないと仕事にならぬ」

むしろ子どもがいたら仕事ができないと思う。

私はお父様が大好きだし、できるだけ一緒にいたいと思っている。しかし、ニコの付き添いで北部に行き少し離れていた間に、お父様はだいぶ不安を募らせていたらしく、家にいる間は少しも私を離そうとしない。

旅から帰ってきたばかりなので私は城には行かず、家で体を休めていて、来週からまた城に行くことになっている。しかしお父様にはいつものように仕事があり、毎日城に行かなければならない。そのせいかいつもより早く帰ってくるし、早く帰ってきている分仕事も持って帰ってきているようで、結局は執務室にこもることになる。

そして執務室で私がちょろちょろするのを眺めながら仕事をするというわけなのだ。

正直、面倒くさい。

「リア様、あきらめましょう」

「ハンス、何を言っているのだ?」

私にこそっと話しかけるハンスにお父様が怪訝な目を向けている。まあ、それも帰ってきた今週だけだろうと思うし、来週からはお城に行くことになるので、何とかなるだろう。幼児にも一人の時間は大切なのである。

とりあえず私はお父様の首にギュッとしがみついておいた。お父様の表情が少し柔らかくなったような気がする。

「リアも寂しかっただろう」

「あい」

北部ではいろいろあったし、夜も兄さまと一緒だったので、寂しいと思う暇がなかったとはこれっぽっちも言えないのだった。家に帰ってきても毎日が楽しくて、正直なところ、寂しくもなんともないとは言えない。

その兄さまは幼児と違って特別休暇などもらえず、帰ってきたらすぐさま学院の寮に戻ることになった。兄さまも私と離れたくないと嘆くのかと思ったら、ごねずにちゃんと寮に戻っていった。

「私がいない間に何があったか情報収集をしなければなりませんからね。他国から貴族が来るということは珍しいですし、四侯や王族が、辺境の貴族と見合いをするということも珍しい。パーティに呼ばれた生徒もいるでしょうし、きっといろいろな噂が飛び交っているはずです」

これが一二歳の考えることだろうか。感心して兄さまを見る私だったが、兄さまは私の頭をなでてにっこりした。

「もちろん、レミントンやモールゼイの家の人たちに直接会うことも考えます。その時はリアも一緒に行きましょうね」

「くりしゅ！　おみやげありりゅ！」

「クリスには来週会うではありませんか」

はしゃぐ私に兄さまはくすくすと笑った。兄さまの言うレミントンやモールゼイとは、フェリシアとマークのことなのだ。つまり、四侯の跡を継ぐ者ということである。

申し訳ないけれど、気楽な立場でいてよかったと思う私だった。

一週間、休んだけれども気疲れもした期間を経て、お父様と一緒に城に出勤する日になった。

「ふんふんふーん、ふん」

「キーエ」

私の鼻歌に、竜車の外からラグ竜が返事をする。

「リアがこんなに城に行くことを楽しみにするほど、ニコラス殿下と親しくなるとは思ってもみなかったな」

お父様が口の端を片方だけ上げて微笑んでいる。私が楽しく過ごすのはいいが、王族に仲良しがいるということが微妙な気持ちなのであろう。

私は膝の上に置いてある荷物をポンポンと叩いた。

「きょうは、くりしゅにおみやげ。たのちみ」

「そうか」

ニコに会うのはもちろん楽しいが、ニコとは北の領地でも一緒だったから、特別感はない。今日の楽しみは久しぶりに会うクリスである。北の領地のあちこちで集めてきたお土産を渡したらどんなに喜んでくれることか。

お城に着くと、よほど待ち遠しかったのか、苦笑しているフェリシアに連れられてクリスが先に来て待っていた。もちろん、ニコも隣にいる。

「リア！」

「くりしゅ！」

ハンスに竜車から降ろしてもらい、ニコとクリスに走り寄る。

「くりしゅ、げんきちてた？」

「もちろんよ！　おみあいとかしてたのよ」

クリスが腕を組んでふふんと背をそらす。隣でフェリシアが、少し複雑な表情でクリスを見ているのが気になった。

「しゅごい！」

何がすごいのか自分でもわからないが、一応そう言っておく。確かに、五歳でお見合いはめったにないことだろうし。それに、実際お見合いがどんなだったか話を聞きたいではないか。ああ、お土産も渡さなくっては。

「リア、そのにもつは」

ニコがわくわくした顔で私を見た。お土産とは楽しいものである。

「にこ、れいのものでしゅ」

「あれらか」

「あい」

ニコはわくわく顔を微妙なものに変えると、話題をそらせた。失礼な。

「まずはとしょしつにいこう。せんしゅうべんきょうをがんばったから、オッズせんせいからきょうはべんきょうしなくていいときょかをもらったのだ」

「にこ、しゅごい！」

今度は一応ではなく、本気で褒めた。先週私はお父様と一緒にいただけだったのに、王子様はちゃんと勉強していたとは。

「よし！　いくぞ！」

「おー！」

「まってよ！」

こうして、日常が戻ってきた。

教室でもある図書室に着くと、クリスがそわそわして何か言いたそうだ。お見合いのことだろうか。

「ねえ、リア」

「あい？」

「そのふくろ、手にもっているふくろが気になるんだけど」

「これでしゅか」

お見合いではなく、お土産の方だった。私は袋を持ってふふんと胸をそらせた。

「これはりょこうのおみやげでしゅ」

「りょこうではない。しさつだ」

ニコがまじめな顔で言った。始めはともかく、おじいさまの領地に行ってからは遊んでばかりだったような気がするのだが。

「あそんでいたのではない。ファーランドとのこうりゅうをしたのだ」

ニコがそう言うなら、私も言い直しておこう。

「しさつのおみやげでしゅ」

「見せて！」

私は絨毯の上に座り込むと、袋をひっくり返してざざっと床に開けた。

「わあ、え？　なにこれ」

クリスの喜びの声は、戸惑いに変わった。

「おみやげ。あちこちでひろった」

床に広がったお土産は、あちこちで集めたものだ。私はまず少し青みがかった平たい石を取り上げた。

「まじゅ、これ。みりゅすこのいち」

「ミルス湖はここになります。王都から見ると、北西の位置にありますな」

授業がないからオッズ先生はいないかと思ったら、ちゃんと控えていた。そしてすぐ黒板に地図を書いて、ミルス湖の場所を説明してくれている。

たったそれだけで、この石が突然価値のあるもののような気がしてくるから不思議だ。

私はその平たい石を持って立ち上がると、横から投げる様子を実演してみせた。

「こうなげりゅと、みじゅのうえ、とぶ」

「リアがなにを言って、なにをしているのかまったくわからないわ」

しばらく離れている間に、クリスのコミュニケーション能力が落ちたようだ。

「リア、こうだろう」

ニコが別の石を拾って投げる真似をしてみせる。

「このようにすいめんにむかってなげると、いしがみずのうえをぴょんぴょんとはねるのだ」

「なにそれ、すごい！」

「いしのかたちがひらたいのがよいのだ」

「ほんとだ！　石がひらべったいわ」

ニコと私の説明はたいして違わないと思うのだが。なぜクリスはよくわかりましたという顔をしているのだ。仕方がない。先に進もう。

「しょちて、とぶいち、いろいろあちゅめてきまちた」

青っぽいのから、赤みがかったもの、そしてよく見ると石の中に石が混じっているものなど様々だ。

皆で石を並べて観察してみる。

「ミルス湖の波で石同士がこすり合わさって、角が取れて丸い石になるのでしょうな」

オッズ先生まで石を手に持って、波にもまれる様子を再現して説明してくれている。

「あら、この石はまるくもひらべったくもないわ」

クリスが石を一つ取り上げてオッズ先生に見せている。私はすぐには思い出せなくて少し考えた。

確かそれもミルス湖で拾ったと思うのだが、そうだ、あそこだ。

「このとがったのは、れんごくとうでひろいまちた」

「リア、あのじょうきょうでいしをひろってたのか」

ニコにあきれられたが、大変なのはその後だった。

「なんと！　リーリア様、あの島に！　まさか殿下も？」

オッズ先生の顔が真っ青になったのだ。オッズ先生は信じられないというように護衛に目をやったが、護衛も気まずそうに目をそらしているばかりだ。

「う、うむ。いったようなきもする」

結局ニコは正直に言ってしまった。

「ニコラス殿下」

「しょちて、これがはるまちぐさのちおり」

オッズ先生の説教が始まりそうだったので、私はそれを遮った。うっかり煉獄島のことを口に出してしまったが、告げ口をしたかったわけではなく、秘密だということをちょっと忘れていただけなのだから。

クリスはたちまち栞に夢中になった。

「今度はお花がぺったんこよ」

「しょのままだと、かれちゃう。ほんにはしゃんで、ぺったんちた」

雪割草の花は、切り花では長持ちしない。しかも根ごと持ち帰ってきても、王都の気候では花が咲かないらしい。だから花だけ本に挟んで持って帰ってきて、それからメイドたちと一緒に紙にのりで貼り付けたのだ。

「えほんにはしゃむといい」

「いつでもお花が見られるのねえ。ふしぎだわ」

これはクリスも喜んでくれた。しかし、石もまだある。

「あとは、これがどうくちゅのいち」

「リア様、あんた何やってたんだ」

ハンスのあきれた声が響く。何をやっているとは失礼な。

「おちたあなにあった。ひろった」

「転んでもただでは起きないとはこのことだな」

ハンスがなかなか切れのある返しをしてきて感心したが、これだけは言っておこう。

「ころんでましぇん。おちただけでしゅ」

「もっとひでぇ」

落ちたくて落ちたのではないから私の責任ではない。しかし、この石はぜひ皆に見せたかったものだ。私は石を皆が見えるように高く掲げた。

「ほら、このいち、まっくろ」

「ほんとだ。今までの石とはなんだかちがうわねぇ」

ハンスとは違い、クリスにはその貴重さは理解してもらえたようだ。

「この石は北部の丘陵地帯独特のものではないですかな」

オッズ先生が石をあちこちの角度から眺めている。私は驚き、頷いた。

「おじいしゃまのおうち。どうくちゅ、あった」

「やはりそうですか。なるほど、興味深いものです」

私のお土産を皆で一通り楽しんだ後は、ニコが合図してメイドに何かを持って来させた。

「わたしからのクリスへのみやげは、これだ」

「なにかしら」

リボンなどは付いていないが、小さな箱である。私も興味津々でのぞき込んだ。

クリスが箱を開けると、部屋にはほうっという声が響いた。中にはきれいな緑色の石が入っていた。

「ミルスこのむこうがわ、ウェリントンさんみゃくでとれるという、くじゃくいしだ。ながめていてもきれいだが、ブローチなどにするひともおおいときいたぞ」

私の思い出の詰まった石とはずいぶん違うが、これが王子力というものなのであろう。

「ニコ、ありがとう」

クリスは嬉しそうに笑った。そして私の方を見て、

「リアも、ありがとう」

とやっぱり嬉しそうに笑った。ちゃんとお礼が言えるようになったとは、クリスも成長したものだ。

私がうんうんと頷いていると、トントンとノックの音がして、部屋にワゴンを押したメイドたちが入ってきた。

ナタリーが一歩前に進むと、コホンと咳払いをした。

「これは皆様に、リーリア様からのお土産です」

お土産という割に、ワゴンに乗っているのはお菓子とお茶なので誰もが戸惑っている。

「コールター伯のお屋敷の秘伝のお菓子のレシピを、リーリア様が料理人に頼み込んで教えてもらっ

たものを再現いたしました。現在王都でこのお菓子を食べられるのは、オールバンスのお屋敷とここだけでございます」

秘伝、リーリア様が、頼み込んで、というところを強調したナタリーは誇らしげだ。これはお城のメイドから喜びの声が上がった。オッズ先生も嬉しそうなところを見ると、オッズ先生は実は甘いもの好きに違いない。

「うむ。ではひとやすみして、みなでおちゃをのもうではないか」

「おやちゅ！　だいじ！」

「どんなあじがするのかしら。たのしみね！」

たまにはこんなふうに勉強のない日があってもいい。

お土産で始まった週だが、前の週にゆっくり休んだせいか、私もニコも体調を崩すことなく、一週間過ごすことができた。そして、今日が終われば明日は週末、お休みの日である。だから、

「きょうは、にいしゃまのくるひ！」

「きのぼりのひだな」

なのである。よく考えると、兄さまは魔力訓練のために来るのだが、誰もそんなふうに思っていないのがおかしい。

クリスは姉のフェリシアが城に来る日に一緒に来るだけなので、毎日一緒にいられるわけではなく、兄さまの授業を受けられるかどうかはその日にならないとわからない。

「きょうはわたしもいるわ！」

「クリス、淑女は人前で跳ねるものではありません」

フェリシアに送られてきたクリスがぴょんぴょん跳ねて、叱られてしまっている。私はそれをじっと観察した。今日はクリスは来られる日だったようだ。

そして、二人の会話を聞いていて、大きくなっても人前でなければ跳ねてもいいのだなとひそかに学んでいるところである。

なにしろ、大人の女性が周りにいない私には、年頃の女性というお手本は貴重なのだ。

「リア様、何か余計なことを考えてるな」

「かんがえてましぇん」

考えてはいない。学んでいるだけである。実際、フェリシアは忙しいようで、礼儀作法の先生をすると言っておきながら、なかなか来てくれる機会がない。つまり私は、今のところ礼儀作法的には野放しの二歳児であることは自覚している。

「じゃあ、今日は午後にも来るわね」

フェリシアはそうにこやかに言い置いて、城での仕事に戻っていった。

「きょう、ふぇりちあのおべんきょう？」

ついに礼儀作法の勉強が始まるのか？

クリスに聞くと、クリスは私とニコを引っ張って、部屋の隅にちょっと移動した。とはいっても、メイドも護衛も話の聞こえる位置ではあるのだが。

「そうじゃないの。姉さまね、ルークのじゅぎょうを受けたいんですって」

「にいしゃまの？」

「そう。でもね、これ、ないしょよ」

クリスが口に指をあてて、しーっという仕草をして見せた。ニコが腕を組んで難しい顔をしている。

内緒にするというのは、子どもには難しいことだ。

「なぜだ。ルークのじゅぎょうはわかりやすいぞ」

内緒にする理由などないではないかという顔をしている。

「いろいろ姉さまから聞いたんだけど、よくわからないのよ。でもないしょなの」

「わからぬ」

私はハンスの方を振り向いた。私が説明するには難しすぎるし、オッズ先生に聞かれたら内緒どころではない。

「あー、今から言うのは独り言だが」

ハンスが私たちと目を合わせないように話し始めた。

「まず、学院を卒業したフェリシア様が、年下の学院生に教わるということが体裁が悪い。次に、対等であるはずの後継ぎなのに、教わるという下の立場に立つことを問題視する向きもある」

子どもに対する話し方ではないが、ニコはしっかり理解したようだ。

「できぬことは、だれからでもまなべばいいではないか。とししただからといってなんのもんだいがある」

その通りだが、それが難しいのが大人の世界なのだ。

「だからフェリシア様は、今日の午後いらっしゃるんでしょうよ。内緒でね」

それにしても、王子殿下に対する口の利き方ではないと思うのだが、部屋の誰もがハンスの口の悪さには慣れてしまっていて、文句を言う人もいない。

「そうか」

ニコは素直に納得したようだ。

「つまり、学ぶ本人が納得しても、周りが納得するとは限らねえ。嫌がるお人もいて、ばれたら止められるってことさ」

「ハンス、言葉遣い」

ナタリーが崩れてきたハンスの言葉遣いに一言注意を入れる。さすがである。

「独り言さあ」

「はんす、ありがと」

私は理解した。ニコはどうだろうか。

「いやがるひとがいて、とめられる。いやがるひととは」

「にこ、もういこう」

私はニコをさえぎった。

「りあ、ふぇりちあにきてほちい。だから、ないしょ、しゅる」

「わたしも姉さまといっしょにべんきょうしたい」

「リア、クリス」

ニコは少し考えた。

「ないしょ、だな。わかった。いこう」

これ以上追及されると困るところだった。私はレミントンのうちについて詳しく事情を聞いたことは一度もない。だが、お披露目の時、そしてそれからのクリスとフェリシアとのお付き合いの中で、レミントンの家族が問題を抱えているようなのは何となく想像はついていた。

二歳児にできることは多くない。でも、学びたいという人の足を引っ張らないことくらいはできるはずだ。

「リアはどうせねてしまうのだしな」

「にこ、しちゅれいでしゅ」

絶対寝ないとは言えないので、失礼な言い方だけを注意しておく。いずれにしろ、フェリシアが来ることで、いっそう午後が楽しみになった。

「にいしゃま！」

「ルーク！」

まずは抱っこからである。なぜか並ぶのが習慣となっている私たちは、ニコ、私、クリスの順に並んで、兄さまとギルに抱っこしてもらおうと待ちかまえている。

「おや、クリスもですか」

「みんな同じにしないとふこうへいよ」

「では、はい」

五歳にもなると結構大きいが、兄さまは危なげなく抱っこして、ふわりとクリスを回してにこりと笑った。

「おもしろいわ！」

「それはよかった」

「しょれ、りあも！」

「いいですよ。おや、フェリシア」

兄さまはそこで初めて、にこにこしてクリスを見ているフェリシアに気づいた。ちなみにギルはニコを高く持ち上げているところだ。そして、兄さまと同時にフェリシアに気づいた。

「フェリシアもどうだ？」

「私は結構よ」

ギルは余計なことを言ってフェリシアに秒で断られている。

「今日は私もクリスと一緒に勉強をしようと思ってきたの」

「それはまた」

兄さまは、抱き上げていたクリスをそっと下ろし、フェリシアに向き合った。おや、次は私の番のはずだったのに。

「フェリシア、あなたはもう一六歳。学院も卒業したばかりで、そろそろ結界の魔石に、直接魔力を注ぐ訓練が始まっているはずです。私があなたから学ぶことはあっても、あなたが私から学ぶことはないと思うのですが」

兄さまは、いぶかしそうにフェリシアの方を見た。

「その訓練が始まったからこそなの。私に力がないとは思わないのだけれど、お母さまの要求するほどではないらしくて」

確かに、ギルやマークと比べても、フェリシアの魔力量が劣っているとは思えない。何が不満なのだろう。

「魔力が十分あるはずなのに、うまく使えないの。疲れるようではまだ全然駄目ねと言われたら、それは訓練するしかないと思って」

そんなことを言うのはレミントンの当主のアンジェリークしかいないと気がついて皆渋い顔になったが、問題はなぜその訓練を兄さまにお願いするのかということなのだ。

兄さまも、一〇歳の頃からお父様に訓練を受けていた。だからそれは、レミントンの中でやればいいことなのだ。兄さまもそう言おうとしたに違いない。しかし、兄さまが口を開く前に、ギルが口を挟んだ。

「ルーク、俺もマークも、結局はオールバンスから訓練を受けているようなものだ。それにレミントンが入ったからと言ってどうということはないだろう」

「ギル」

なぜフェリシアをかばうような言い方をするのだと兄さまの目が言っていた。しかも、ルークという名前を出さずに、オールバンスから訓練を受けているという言い方は、フェリシアの心理的な負担を軽くするためだろう。

「改めて私に教えてくれなくてもいいの。私はクリスのやることを見て、足りないものを自分で学ぶわ。ただ、同席すること、そこから何かを学ぶことを許してほしいだけ。そして」

フェリシアは一瞬下を向いた。

「そのことは、お母様とお父様には知られたくないの」

「いやがるひとがいて、とめられる」

ニコが小さな声でつぶやいた。

「そういうことか」

そういうことのようだ。

「たいしたことはしていませんが、よかったら見学していってください。私だってリアの、妹の授業はいつでも見学していたいですからね」

兄さまはフェリシアににこりと笑いかけた。妹は大切だよね、見学していてもいいですよ、その間あなたが何をしていても私は関知しません。当たり前のことだから他の人にも話しませんよと、兄さまは遠回しにそう言ったのだ。

「ありがとう、ルーク。ギルも」

ほっとしたように笑ったフェリシアも、今日から勉強仲間になった。

私たちは、まず魔力を感じるために魔力を揺らすところから訓練を始める。クリスも数回やったことがあるので、手順はわかっている。

見ているだけと言ったフェリシアは、やったこともない訓練を見て驚き、クリスは大丈夫かと心配し、そして自分もできないものかとやきもきし始めた。

本当に見ているだけなのだが、なんだか目にうるさい。兄さまもそう思ったのか、ついにフェリシアに声をかけた。

「フェリシア、ちょっとやってみますか？」

「いえ、その。見ているだけと言ったのだし」

自分がそう言ったのだからと、一生懸命断ろうとしている。

「子どもたちにちょっと交じったくらいは大丈夫ですよ」

「そうかしら」

そうかしらと言いつつそわそわしている。

かわいいではないか。

「俺が魔力を揺らす手伝いをしようか」

「結構よ」

ギルは瞬殺である。まあ、手をつなぐので、フェリシアにとってはギルにしろ兄さまにしろ微妙ではあるだろう。

「じゃあ、りあがしゅる」

「まあ。いいの？」

リアなら大丈夫とほっとした気持ちが伝わってくる。小さくても、私がニコとクリスの指導者的立場であるということはわかったのだろう。フェリシアもなかなか見る目がある。

私はフェリシアと向かい合って両手をつないだ。

「りあ、まりょく、こっちから」

「私の右手から流すのね。魔力を流すなんて不思議だわ」

「あい。ほら」

「まあ！」

フェリシアは驚いたように声を上げると、思わず手を離そうとした。離してもいいのだが、つないでいたほうが管理しやすい。兄さまがアドバイスする。

「そのまま、魔力を左右に揺らしてみてください」

「魔力を巡らせるのではなく、揺らす」

フェリシアは目をつぶって体を揺らしている。ここらへんでもういいだろう。私は手を離した。

「あら、なんだかずれてきたわ。不思議」

「それをいつも通り、ゆっくり巡らせてみてください」

「わかったわ。でも」

フェリシアは目を開けて困ったように首を傾げた。

「魔力がずれたからか、うまく回らないの」

「それに気づくことが、魔力をうまく使うことにつながるのですよ」

兄さまがよく気づきましたというように笑った。

「マークの時も思いましたが、フェリシア、あなたもマークも、魔力量に劣るところは全くないと思います。ただ、魔力の巡らせ方に無駄があるのです」

「魔力を巡らせる訓練はずっとしてきたわ」

フェリシアは少しむっとしたように、そして少し不思議そうに反論した。ギルがそれはよくわかるというように頷いている。

まだ私が歩けないくらい小さかった頃、お父様は兄さまにそれほど関心を持っていたようではなかった。それでも、学院で魔力訓練が始まったと同時に、家でも訓練を始めていた。

つまり、四侯はどこの家も、後継ぎにはきちんと魔力訓練をしているはずなのだ。もちろん、ギルのところのリスバーン家もである。

「俺はそれに加えて、ルークと一緒に考えて自分で訓練しているけどな」

「ぎる、しゅごい！」

「まあな」

褒められてちょっと嬉しそうなギルの本当にすごいところは、兄さまの方が年下なのに、そういうところをまったく気にしないところだと思う。

「普段は魔力を回すことしか意識していないと思うのですが、濡れた布から水が染み出すように、魔力が染み出して無駄になっているということです。つまり、全部の魔力を効率的に使えていないのです」

兄さまが説明している。これはニコやクリスには説明していない。小さい子は理論を話してもわからないからである。私たち幼児組は今は楽しく魔力を動かせていればそれでいいのだ。

「体という枠から、魔力が少しもはみ出さないようにすると考えていくのです」

正確に言うと、はみ出してもよい。例えば結界を作るときは、体の外側に丸い球を作るようなものだ。大切なのは、そこから魔力を外に出さないこと。

「ということは、私は魔石に魔力を注ぐ時に、魔力を全部注いでいないということになるのかしら」

「おそらく。見たことがないので何とも言えませんが」

フェリシアは理解が早い。そしてまじめすぎるのだ。私はフェリシアの目を見てニコッと笑った。

「ふぇりちあ、まりょく、おもちろいもの」

「面白い？　いいえ、魔力を扱うことは四侯の義務。面白いことではないのよ」

フェリシアはむしろ私を諭すように、丁寧に言い聞かせている。そうやってクリスにも言い聞かせているのであろう。

これはやってみせたほうが早いような気がする。

「にいしゃま、ちいしゃいましぇき、くだしゃい」

「いいですよ」

兄さまは何をするかなど聞きもせずに私に小さい魔石を手渡した。これは明かりに使うもの。その空の魔石に、そっと魔力を注いでみせる。淡いピンクがだんだんと濃い紫になっていく様子を。

フェリシアは私を止めようとして、私が先生なのを思い出したのか何とか思いとどまり、色の変わっていく魔石を魅入られたように眺めている。

さて、もう一声。

「これ、おかね、なりゅ」

「「お金？」」

クリスとフェリシアの声が重なった。意外なことを言われて驚いたようだ。

「これ、おちごと。まりょく、いりぇる。ぱん、おやちゅ、かえりゅ」

「パンとおやつになるの？　こんなことで？」

びっくりしているのはクリスだ。ニコも新たな目で魔石を見ている。彼らにとって、魔石は結界のための物であって、生活必需品という感覚はないのだ。

「まりょくもち、しゅくない」

正確にはキングダムの民はたいてい魔力は持っているが、魔石に魔力を入れられるほどの力がある人は少ないということだ。

「だから市井には、魔石に魔力を入れるというお仕事があるのですよ。それが明かりとなり、料理をする熱となるのです」

兄さまが説明を足してくれる。

さて、そろそろ私が魔力についてまとめなければなるまい。

「まりょく、ゆらゆらしゅる。まりょく、はみだしゅ。まりょく、ぱんになりゅ」

「パンだけちょっと違いすぎませんかね」

「たべもの、だいじ」

うっかり口を挟んでしまったハンスは、私のまじめな返事にふっと口元を緩ませた。

「すみません、リア様。パンは大事でしたね」

「あい」

私はしっかりと頷いた。結局のところ、こういうことである。

「まりょく、おもちろい。あしょんでいい」

「まあ」

フェリシアはぽかんと口を開けて、慌てて閉じた。なるほど、ぽかんと口を開けるのはやはり淑女らしくないと。私はしっかりと心の手帳にメモをした。

「私とリアは、寝る前にも魔力を動かす訓練をしますよ。といっても、遊びのようなものですけれど」

「俺もだな。俺には兄弟がいないから、一人でだけどな」

兄さまにギルも応える。一人でと言ったギルは、ほんの少し寂しそうだった。アリスターのような、年齢の近い叔父や叔母はたくさんいるらしいのだが、兄弟ではないし一緒に住んでいるわけでもないらしい。

「じゃあ、わたしはねるまえに、姉さまとくんれんすればいいのね」

黙って話を聞いていたクリスがぴょんぴょんと跳ねた。淑女は跳ねないほうがいいのではないか。

しかし、フェリシアは未だに新しい考え方に戸惑って注意する余裕はなさそうだ。

「単純に楽しいですよ」

「おもちろいの」

クリスのように、単純に楽しめばいいのだ。フェリシアの顔が明るくなった。

「そうね、別に家にいるのだから、いつ一緒にやってもいいのよね」

「やった！　姉さまといっしょ！」

それから毎週、フェリシアは授業に来るようになったが、毎週授業を受けるばかりで、自分がやるべき礼儀作法の授業のことをすっかり忘れている。でも、私にとってはそれでいい気がしてきた。

私は人差し指と中指だけをぴんと伸ばしてみた。

「まだ、にしゃい」

なのである。よく考えたら、ニコとやっている勉強だってまだ早いのだから。

「リア様、親指も伸びてるから、それじゃあ三歳だな」

「おやゆび、みない」

気持ちが大事でしょ。ハンスは親指は見ないことにしてくれたようだ。

「だいたい二歳ってことだな」

「あい」

そのくらい適当でいいのである。

次の週の半ばには、マークがやってきた。春なのに冬空の髪と冬空の瞳だ。オールバンスのメイドにも人気の冬の貴公子である。

「マーク！」

「まーくだ」

「マークか」

マークは、私たちを結界の間に連れて行って叱られた時から、先生としては授業には来ていなかった。兄さまと同じ、教える立場のはずだったのに。

それでも、楽しいことをしてくれるはずだから、私たちは歩いてくるマークをわくわくしながら眺めた。

「ニコラス殿下、そしてリア、クリスティン」

「クリスでいいわ」

「ではクリス。今日は天気がいいから、三人とも西の植物園に行ってみないか」

西の植物園。なんと魅惑的な響きだろう。私たちは喜んだ。

「マーク様、くれぐれも」

ニコの護衛が渋い顔をしてマークに注意を促している。それはそうだろう。こないだ、マークが勝手に私とニコを結界の間に連れ出したことで、護衛もたっぷり叱られたのだ。

もっとも、この護衛たちは多少叱られたほうがいいとは思う。なにしろ、北の領地の視察では、いいところがまるでなかったのだから。

「ところで殿下、リア、私にはお土産をくれないのかい？　クリスやフェリシアはもらったと聞いたが」

どこからそんな情報が流れたのだろう。フェリシアにはさすがに石や手作りのしおりをあげるわけにはいかず、オールバンス家からということで兄さまが何かを用意して渡していたはずだ。同じように、モールゼイの家にも何かお土産を渡したものだと思っていたが。

「む、マークにはおじうえがみやげをよういしていたぞ」

ニコがもらわなかったのかという顔でマークを見上げた。

「もらったとも。もちろんルークからもギルからももらったよ。でもさあ」

マークは二〇歳だろうに、ちょっと口をとがらせて不満そうだ。

「殿下もリアも私の友だちだろう。王都で留守番していた私に、直接お土産があってもいいと思うんだよね」

「マークはともだちではなく、せんせいではないのか」

「あ、ニコ殿下。そういうこと言う？　先生でもあるけど、友だちでもあるだろう」

「うむ。どうなのだろう」

そこでニコに私の方を見られても困るのだが。私はちょっとため息をついて、ポンチョのポケットをごそごそとした。

「あい。おみやげ」

「さすがリア！　わかってるね。でもこれ、なんだい？」

「いち」

ポンチョのポケットの奥の方にたまたま入れっぱなしだった、北の領地の黒い石である。本来メイドがきちんと手入れしてくれるのだが、私がおやつやいろいろな物をこっそり入れているのは見逃してくれている。ゴミが入っていたら捨ててくれるけれども、石は判断に困るのでそのまま入れておいてくれたのだろう。

「石だということはわかるけれども」

マークは黒い石を日に透かしたりして見ながら、これはいったいどういう物かと困惑している。クリスがお土産をもらったというのは聞いていても、もらったのが石と栞だというのは聞いていないようだ。

「それはな」

ニコが私の代わりに簡潔に説明してくれた。

「きたのりょうちで、リアがあなにおちたときひろった、きねんのいしだ」

「しょのとおり！」

さすがニコである。

「北のきゅうりょうちたい、とくゆうの石なんですって。わたしは見せてもらっただけなのよ。マークはもらえていいなあ」

黒い石は二つしかなかったので、クリスには見せただけなのである。本気でうらやましそうなクリスには申し訳ない。私は胸を張って、人差し指と中指をピンと伸ばしてみせた。

「ふたちゅ。おうとにふたちゅちかないでしゅ」

「指が三本上がってるような気がするんだが」

「ふたちゅでしゅ」

「へ、へえ。珍しいんだね。ありがとう」

マークはポンと石を放り投げると、受け止めて握り込み、それでもポケットに大事そうにしまった。

「なんか最近フェリシアも授業に参加してるみたいだし、私だけ仲間外れみたいでつまらなかったんだよね」

「マークはもうおとなで、けっかいのしごともしているではないか」

ニコはあきれている。

「それはそうなんだけど、それを言ったらフェリシアも実習期間に入ったし、ギルも来年からそうなる」

「ぎるも？」

「フェリシアとは一つしか違わないからな」

そう言われたら、ギルも今年で学院を卒業で、あと三年で成人なのだ。

「フェリシアやギルは、私とルークの真ん中なんだが、どちらかと言うとルーク寄りだし。その妹の君たちもそれはそれでまとまっているし。私だけ一人はずれていて、なんだかおもしろくないんだよ」

「マークはちちうえのなかまではないのか」

「ランバート殿下かい？　そんな風に思ったことはなかったなあ。アルとは友だちだけどさ」

ちなみにマークとなんだか対等に話しているニコは四歳に近い三歳、私は二歳、クリスは五歳である。いったい何を話しているのかとあきれてしまう。

「そもそもフェリシアはなんで君たちの授業に参加しているの？」

「それは……」

ニコは私とクリスをちらちらと見た。内緒というのは正直なニコにはすごく難しいことなので、どう答えたらいいのかと助けを求めているのだろう。

しかし悩むほどのことでもない。

「ないしょなの」

「ないちょ」

内緒だと決めたのだから、内緒だと言えばいい。それをどう受け取るかは相手次第だし、どう受け取っても私たちには責任はないのだから。

「私にも内緒なのかい？　おんなじ四侯の子どもなのに？」

「こどもって、マーク」

ニコがマークは大人ではないかという目で見た。本当にしようがない大人である。

面倒になった私は、大きい人たちに丸投げすることにした。

「にいしゃまとふぇりちあにきいて」

「そうよ、姉さまにちょくせつ聞けばいいじゃない」

「ちぇ」

ちぇとはなんだ。護衛たちも後ろであきれているではないか。一人笑いをこらえ切れていない人もいるが。

話しながらたどりついた西の植物園は、温室があり、ウェスターのお花が少しと、たくさんの野菜や果物が栽培されていた。

「しゅいかだ！　うぇしゅたーでたべまちた」

「私も食べたことあるけど、なつのものじゃない？」

温室だけあって、貴重なものが栽培されている。

「くいしんぼの君たちには、花の多い南の植物園より、食べるものが多い西の植物園の方がいいと思ったんだよ。ここは実際、城の台所で使われるものが栽培されているからね。殿下の口にも入ってるし、食堂でも使われているんだよ」

確かにこれはちゃんとした社会勉強である。

スイカはさすがに高価らしく味見は無理だったが、採りたてのトマトなどを食べさせてもらって、マークの授業は終わった。

「また会おうね」

とさわやかに帰っていくマークの株は、今回かなり上がったと言える。

「またね！」

「またね！」

「またあおう」

手を振る私たちは、それから数日後、ぽかんと口を開けることになった。

◆

「やあ」

やっぱりさわやかなマークと、少しげっそりした顔の兄さまとギルとフェリシアを見て。

「私もルークの授業を一緒に受けることにしたんだ。そもそもあの事件の時に、受けるように言われていたしね」

それは兄さまとの個人授業かと思っていたのだが。もう一人前で、四侯としての仕事をしているというのに、いったい何をやっているのか。

「さ、魔力を揺らしてみてくれないか」

ワクワクしているマークは、どう考えても勉強に来たのではなく、遊びに来たのに違いない。

「マーク、あなたは」

兄さまが額に手を当てて困った人だというように首を振った。

「昨年、たびたびうちに勉強に来ていたではないですか。伝えるべきことはもう十分に伝えたと思いますよ」

うちと言うのは、オールバンスの屋敷ということなのだろう。マークが家に来ていたとは知らなかった。

「リアがいなかった時のことですよ」

私が怪訝な顔をしたのを見て取った兄さまが説明してくれた。なるほど、それでは見かけたことがないはずである。

「まあ、いいじゃないか。父上たちほど私には仕事はないのだし。一週間に一度、子どもたちと遊ぶくらい」

おっと、本音がちらりと出た。今遊ぶと言わなかったか。ニコが厳しい目でマークを見た。

「あそんでいるのではない。わたしたちはべんきょうをしている」

「そうでしたね、殿下。勉強でした」

マークはニコに丁寧に返事をした。しかし参加するという主張を揺るがせることはなかった。

「そもそもフェリシアだっているのだから、私がいてもおかしいことはない。さ、勉強を始めようか」

「まあ、いいでしょう」

兄さまは案外抵抗することなく、魔力を巡らせる実習を始めた。慣れた大人一人が加わることで、授業の具合はとてもいい感じになった。

皆で笑いながらゆらゆらと魔力を揺らしていると、ふと目に入る護衛の人数が今日は多いような気がする。その中に見知った顔が見えたような気がした。

「あれ、ぐれいしぇす」

「リア、集中しましょう」

声を上げた私は兄さまにやんわりと叱られた。それでも王都の外担当のグレイセスがいるのは気になるので、後で改めて聞いてみようと私は思った。

しかし、いつも思うのだが、兄さまが午後からくるせいで、私は最後まで授業を受けられたためしがない。ニコやクリスが魔力を巡らせるお手伝いをしているうちに、いつの間にか眠ってしまうのだ。

その日もぐっすりお昼寝して起きたら、マークはもういなくなっていたし、グレイセスだと思った人もいなくなっていた。

クリスと一緒に帰るフェリシアは残っていて、なぜかお昼寝から起きて目をくしくしとこすっている私の頭をなでている。ちょっと嬉しい。クリスはベッドによじ登って私の隣でニコニコしていて楽しそうだ。

「よく寝るいい子ね。クリスもよく寝ていたわ」

「リアはねすぎなのではないのか」

ニコが気難しい顔をしてフェリシアに聞いている。

「普通だと思うのだけれど。クリスも今でもたまにお昼寝するわよ」

「たまによ。もう赤ちゃんじゃないもの」

「りあも、ちがいましゅ」

すかさず主張しておく。赤ちゃんではなく、幼児である。

「まーくは？」

「もう帰ってしまったわ。でも来週もいらっしゃるのですって。先生として一回、生徒として一回来るのだと言って、とても楽しそうだったわ。あんな方だとは思わなくて、ちょっと意外」

頬に手を当てたフェリシアも楽しそうだった。四侯同士のかかわりって本当に薄かったんだなあと思う。むしろお父様とスタンおじさまが仲のいいのが珍しいのだろう。

「私も時間が許したら、マークの授業を受けに来ようかしら。よく考えたら、城のことなんてほとんど知らないし、王宮探検なんてわくわくするわよね」

兄さまとギルが苦笑しているが、二人は学院があるから逆に普通の日は来られない。もはや王子の遊び相手も何も、幼児のための教室ですらなくなっているなあと私は思うのだった。

マークの思惑《ルーク》

「ギル！　もっとたかいところだ！」

「ギル！　わたしもよ！」

「クリス、危ないから無理しないで」

ギルがニコ殿下とクリスを連れて、木登りをさせている。フェリシアはクリスが心配でギルの周りをウロチョロしてかえってギルの邪魔をしていることに気づいていないのがおかしい。

本来なら一番年上のマークが見ているべきなのかもしれないが、軽い上着の裾を春の風になびかせているこのおっとりした一人っ子の四侯の後継ぎは、自分が子どもの面倒を見るという感覚がまるでない。

お父様も自分の子どもですら面倒を見る感覚がなかったし、貴族というのはそういうものなのだろうと思う。ギルも兄弟はいないが、小さい頃から私の面倒をよく見てくれていたから、自分より小さい者の扱いには慣れている。

「それで、マーク。本当の用事はなんですか」

「本当の用事？　魔力操作を学び直すことだよ」

「では言い直します。魔力操作を学び直す目的はなんですか」

「ふむ」

よくできましたという視線がうっとうしい。そもそも今日は私が先生で、マークは教わる立場だったはずなのに。

「先日、ギルと共にうちの屋敷を訪れてくれたよね」

「その時にお土産を渡したのに、更にリアにまで土産をねだったと聞きましたよ」

私は一言チクリと言った。二歳児に、というかリアに土産をねだるなんてどういうことだ。お父様もあきれていた。もっとも、父様には石はくれないのかと、リアにねだりに行っていたからマークと同じレベルである。

「おとうしゃまのめのいろ。このいちをあげましゅ」

と、紫というよりほんのりピンクがかったきれいな石を渡されて満足していたから、それでいいのかもしれない。

「いいだろう別に。ないと言われたらあきらめたが、くれると言うのだからもらっておいた。ちゃんと部屋に飾ってあるよ」

「リアの石を取り上げたのだから、そのくらいして当然です」

マークはくすくすと笑った。

「楽しいなあ。石をもらうだけのことが、こんなに愉快だなんて思いもしなかった」

リアと一緒だとなんでも愉快になる。マークは笑いをおさめると、真剣な顔になった。

「つい一年前までは、こうして四侯で集まるなんて考えられもしなかった」

「そうですね。王家も四侯もそれぞれ独立して、互いに深くかかわらないようにしてきたのですから」

一部の家だけが王家に優遇されることのないようにという配慮もあったはずだが、四侯同士が結託し、権力が集中しすぎないようにということもあっただろう。

だが、真の原因は、お互いがお互いに何の興味もないことではなかったかと思うのだ。

「しかし、王家がオールバンスに近づいた。正確には、単に王子の遊び相手としてリーリアを選んだというそれだけのことなのだが、外からはそうは見えないからな」

「そうですね。迷惑なことです」

「しかし、その後レミントンが強引に下の娘を送り込んだ。オールバンスに力が偏るのを嫌ったということだと思うが、結果として世間からのオールバンスへの目は弱まったよな」

「はい。フェリシアまで顔を見せるようになるとは驚きでしたが」

フェリシアが来る前に、私とギルが先生として参加しているが、オールバンスとリスバーンの仲がいいのは周知の事実だから、特に大きな話題にはならなかったはずだ。むしろ、年回りから言って、ギルが何らかの先生として参加していて、私が付属品くらいに外からは見られていると思う。それはそれでいいのだが。

「まあ、モールゼイだけが外れているると思われるのは困るからというのもあるよ」

「それはそうですね。実際はお父様同士仲はいいと思うのですが」

「それはね。でも、外からは仲が良くなったことはわかりにくいよね。それに、どう見えるかだけじゃないんだ」

マークの声から、からかうような調子が完全になくなった。私は隣にいたマークを見上げた。

「こないだうちに来たときは、モールゼイの目から見たイースターの第三王子について話をしたよね。もっとも、うちの方針でほとんど顔を合わせなかったから、何かのパーティの折にほんの少し顔を合わせただけだが」

「はい。そのお話を聞かせてもらって助かりました」

その情報収集のためにモールゼイの家を訪れたのだから。

「でもね、私が気になったのは、第三王子ではなく、どちらかというとレミントンの方なんだ」

「レミントン、ですか」

確かに、クリスのような小さい子に見合いをさせるとか、おかしいところはいろいろある。

「私のところとオールバンスはまあ、仲がいい。オールバンスとリスバーンは仲がいい。したがって、モールゼイとリスバーンも特に仲は悪くない」

「ええ。そうですね」

「だが、レミントンはどうだ」

どうだ、と言われて考えてみる。もともとモールゼイもどことも付き合おうとしなかった家だ。それがリアのことをきっかけにオールバンスと近づいた。結果、リスバーンとも悪くない関係を保っている。でも、レミントンはどこともつながっていない。

「私は、レミントンを孤立させるべきではないと思うんだよ」

始まったマークの話は、思いもかけないものだった。

「孤立と言いますが、親しく付き合ってはいないというだけのことではないですか。レミントンはきちんと結界の仕事をしているし、政務も行っています。つまり、今までと何も変わらずにいるわけで、むしろ変わってきているのは私たち残り三家の方です」

リアのことをきっかけに、魔力の在り方に疑問を抱いた三つの家が少し距離を縮めただけのこと。それに、孤立していたとしても、そのことをレミントン自身が問題にするとは思えない。なぜなら、私のお父様がもし孤立したとしても、何とも思わないだろうと思うからだ。

それほど、四侯は他者に興味がない。

「父上たちの世代はそれでいいだろう。というか、それ以上何か改善ができるかというと難しいかもしれない。今回、四侯のうち三つが近づいたのも、一番最初に私の父上が動いたからこそ、そしてそれもリアがいたからこそだ。それがなかったら、そもそも今までと何も変わらなかったわけだしね」

マークは私の言葉に軽く頷いた。

「でも、私たちの世代もそれでいいのかな」

「私たちの、世代？」

私たちとひとくくりにされたことで、私はとても驚いた。オールバンスはお父様がまだ働き盛りだ。私は魔力の訓練を始めてまだ二年。成人するまであと六年ある。

「おいおい、ルークとは少し離れているだけだけれど、私は君の父上とは一〇歳以上離れているんだよ。しかし、フェリシアとは四歳、ギルとは五歳しか離れていない。私は自分や君たちをランバート様の世代と思っているよ」

「ランバート様の世代、ですか」

「そう。父上たちは現王の世代。そして、私から下の四侯は王子であるランバート殿下の世代だ。もしかしたらニコ殿下の世代も少し、支えることになるのかな」

「やれやれ。マークは二〇歳。子ども世代というより、私にとってはどちらかと言うとお父様の世代だったのだ。年寄り扱いしないでくれよ。結界の仕事だって、父上の手伝いをしているに過ぎないのだからね」

「すみません」

正直なところ、自分とは関係ない世代と思っていたので、私は素直に謝った。

「仲良しでいたい、とか子どもっぽいことを言うつもりはないよ。ただね、私や君たちのように、親から大事にされている家と、レミントンは違うように思われるからさ」

「なんとなくそんな気はしていました」

「だからさ」

マークはギルとフェリシア、そして楽しそうに遊んでいる殿下とクリスの方を眺めた。

「仮に、親が支えにならなかったとして」

そう口にしたマークは何を想定していたのだろう。

「フェリシアが一人で立つのはものすごく難しいだろう。その時に、私たちが支えてやらないと、下手をすると四侯と王家に守られているこのキングダムのシステムそのものが崩壊してしまう」

「マーク？」

「父上たちの世代で一つ、そして私たちの世代で一つ。結界を作る組み合わせが、一つではなく二つ。そうあったら安心だとは思わないか」

それは私が思いもしなかったことで。どう考えていいのかもわからず、したがって何も口に出てこなかった。

「だから、魔力の訓練をして、子どもたち全員の力を上げるんだ。私たちの世代だけで結界が維持できるように。偶然かどうか、これだけ魔力の操作に巧みな者が同じ世代に集まったのだから、きっとできる」

「それは、後継ぎではない、リアもクリスもですか」

「そうだよ。後継ぎではないからと放っておくには、二人とも魔力量が多すぎるだろう」

「それが言いたくて、今日はわざわざ来たのですか？」

それなら、屋敷に来てもらったほうが細かいことを話せるだろうに。わざわざ他の子どもたちにも聞こえそうな場所を選ぶなんて。

マークはちょっと悪い顔をしてにやりと笑った。

「父上には知られたくないんだ。というか、ルークもオールバンスのご当主に言ってはいけないよ」

「なぜですか」

「止められるからだよ」

「確かに」

少なくともうちのお父様はリアがかかわることを嫌うだろうし、ギルのお父様は、小さい子どもにそのような負担を課すことを認めないだろう。

「だが、幸か不幸か私たちにはそれができる。私はリアがかわいらしいからと言って、あの子の力が特別なのを見誤るつもりはないよ。魔力操作だけなら、下手をするとルークより上だろう」

「それはその通りなのですが」

リアは兄さまは何でもすぐできてすごいというが、実はリアの方が魔力操作はうまい。集中力があってもすぐ疲れて寝てしまうので、リアの力が十分に発揮できていないだけである。何より、私はリアが自分で工夫したことを真似ているにすぎないのだ。

「フェリシアはまじめで秘密が持てないから、フェリシアとクリスには言ってはいけないよ。私とギルとルークだけ」

「まだ同意したつもりもないし、ギルだってなんと言うかわかりませんよ」

「ギルは同意するよ。きっとね」

自信ありげなマークに思わずカチンときた。

「それで、ハロルド様とランバート様はこのことは」

「知らないさ。知ってしまったら、この勉強会は解散だろうね」

とんでもないことの共犯にされようとしている気がした。

◆

マークの授業の時にフェリシアが、兄さまとギルの授業の時にフェリシアとマークが顔を見せるようになり、そんな日はいつもの護衛の他に、何人も余計に護衛が来るようになった。

この間護衛が多いと思ったのは、四侯の跡継ぎが勢ぞろいしていたかららしい。そして四侯が全て王都にいる以上、グレイセスが王都外に行く必要はない。

そのためたいていグレイセスもいるので、私はちょっと嬉しかった。グレイセスとは若干の因縁はあるが、お父様を守ってくれた人でもある。それに何やら私に負い目を感じているらしく、頼めばなんでも言うことを聞いてくれるのだ。

「ぐれいしぇす、あのきにのぼりたい」

「いいですよ、ほら」

このようにすぐ持ち上げてくれる。

「自分でできるところまでは自分でやろうな」

というハンスとは大違いである。そうして、

「グレイセス、お前、護衛対象がいるのに、幼児に構っている場合か」

とハンスに叱られている。

「いえ、これは城内の護衛であって、王都の外の護衛とは違います。外敵から身を守るより、四侯のお子たちの健やかな成長の手助けすることの方が大事かと」

「屁理屈をこねるな」

実際、護衛隊は四侯の子どもたちが集まって何をしているのか監視しているのだと、ハンスが兄さまに話していた。一応、四侯の動向は押さえておきたいのだという。フェリシアもだが、もう成人しているマークが動いたのが一番大きな理由であるらしい。

マークのせいではないか。

こんな状況では、フェリシアが魔力の訓練に参加していることなど、レミントンにもとっくにばれているのではないかと思う。内緒にしたいと言っていたのに。

しかし、それはフェリシア自身が説明してくれた。

「お母様もお父様も、私がクリスと一緒に授業に参加していること自体は知ってるわ。私がそんなことに興味を持っていることに驚いてはいたけれど。もう学院を卒業したのに、今更幼児に交じって勉強するのは恥ずかしいというようなことをちょっとだけ言われたわ」

フェリシアは寂しそうに微笑んだ。

「私がクリスと一緒に過ごしたがっているのも知ってるから、勉強しているというより、単にクリス

を構ってているだけと思ってるみたいなのよ。何を目的にしてるとか、実際何を学んでいるかとか、そんなことには興味がないから。邪魔されないだけましと思わないとね」

確かにお父様も私が何を学んでいるかにはあまり興味はないようだ。楽しければいいと思っているのだろう。おや、なぜハンスとナタリーは困ったように顔を見合わせているのか。お父様は私を監視しているとか？　まさかね。

「まあ、遠回しに、四侯はそれぞれ独立して互いに干渉しあわないものだとかなんとか言ってたわ。はい、と言って聞き流しておいたけど」

ふふっと笑ったフェリシアは、このところ随分笑うようになったと思う。クリスも楽しそうでよい。しかし、こうしてたくさん遊んでいられるのも、実は城にいる時間が少しずつ長くなっているからなのだ。

お昼寝から目が覚めて、お父様がお迎えに来るまでが結構長い。

待っている間、私はニコと遊んでいるので、ニコが大喜びだし、私としても問題はない。家のメイドは私がなかなか帰ってこないことに気をもんでいるらしいが、それは申し訳ないがどうでもよくて、問題はお父様なのである。

「リア！」

そう言って、竜車に乗っている間も、私を膝にのせて離さない。私は竜車の外が見たいのだが、仕方なく足をぶらぶらさせていたりする。お父様は、どうやら仕事がすごく忙しいようなのだ。

「最近、ラグ竜の流通が激しくなっているんだ。もともと各領地が、各領地にいるラグ竜の群れから必要な分を補充しているくらいで済むはずなのに、キングダムからウェスター、ウェスターからキングダム、そしてキングダムからファーランドなど、領地どころか、国をまたいで取引が行われているんだ」

「ふわ。たいへんね」

仕事が大変だとぶつぶつ言うお父様に、それ以外にどう返事をしたらよいだろうか。

「それに魔石の移動も激しい。ウェスターとファーランドから入ってくる魔石の量は変わらないのだが、このところファーランドへの輸出が増えていてな。それに比べると目立たないが、ウェスターへもだ。もともとキングダムに魔石が集まる仕組みになっているから、多少輸出の量が増えたくらいで問題が起きることはない。しかし、なぜ、輸出が増えているのか」

「あい」

それは確かに気になる情報である。

「ファーランドに行って調べてみたい。いや、国境付近の町まで行く分には問題ないか。しかしリアとは離れたくないし」

これには返事をしないでおいた。それは私だって、お父様がいなくなったら寂しいが、仕事をするというのは、遠くへ行かなければならないこともあるということだ。

「とりあえず、先行して調査団を送るか……」

私はお父様をよしよししておいた。養われている自分としては、お父様に頑張ってもらうしかない。

しかし、他の人はいったい何をしているのだろう。例えばギルのお父様とか。

「リアは俺には厳しいよなあ」

「しょんなことないでしゅ」

スタンおじさまが嘆く。お休みの日、ギルやジュリアおばさまと一緒に遊びに来てくれたのである。

その時に、

「おとうしゃま、さいきんいしょがちい。すたんおじしゃま、いしょがちい？」

と聞いただけである。別にさぼっているだろうとか、仕事をしていないだろうとか言ったわけではないのに。

「なんとなくそんな気がしたんだが。被害妄想だろうか」

頭をガシガシとかくと、きちんと説明してくれた。

「まあ、聞かれたことに答えるとだな、俺も忙しいんだよ」

そう嘆くスタンおじさまは、確かに疲れた顔をしていた。そんなおじさまを心配そうに見るジュリアおばさまが、逆に私に尋ねた。

「ディーンも帰りが遅いってことなのかしら」

「あい、じゅりあおばしゃま。おとうしゃま、ちゅかれてる」

「まあ、うちもなのよ」

ジュリアおばさまが言うのなら本当なのだろう。ジュリアの言うことなら素直に聞くんだなという目でスタンおじさまが見ているような気がするが、それは置いておいて。

「そもそも竜の流れも、魔石についても、ファーランド方面が騒がしくてな。ディーンはどちらかと言うとウェスター方面の仕事だが、俺はファーランド方面担当なんだよ。業者に聞いても注文に応じているだけだと言うし、これはファーランドに行かなくてはならないかと思い始めているところなんだ。が、四侯の俺たちは直接は行けないし、代わりに誰を調査に送るかで頭が痛くてな」

確かに、あまり有能な人はいない印象だった。

「リスバーンにしても、オールバンスにしても、自分のところの商会を動かしたほうが話が早い。が、公的な仕事で実際に動かすのは城の文官ということになるから、これが問題でな。あいつらほんとに仕事ができないんだよ」

「できないというより、王都を離れたがらないんだ。キングダムからファーランドに行って調査をして来いと言ったら、ひっくり返るだろうな」

ここでちょっと席を外していたお父様が戻ってきて話に参加した。

「スタンの言う通り、まず自分のところの商会を動かしてみるか」

「それが早そうだな」

何やら本当に面倒そうだ。四侯は結界の魔石に魔力を入れる仕事で十分働いていると思うから、それ以外の仕事は他の貴族に任せられるとよいのだが。

季節は四侯の忙しさなど気にしない。王都はいつの間にか春真っ盛りになっていた。

「今日はラグ竜の厩舎に行くよ」

「あい！」

「はい！」

「はい！」

「……はい」

今日はマークが先生の日だ。マークの声に私たちは手を挙げて元気に返事をした。最後の小さい声はフェリシアである。

「フェリシア、せいととしてさんかするなら、もっとおおきなこえでへんじをせねばならぬ」

「まあ」

ニコがもっともらしくそう言うが、思春期のお嬢さんに三歳児に合わせろというのは酷であろう。

しかしフェリシアは、恥ずかしそうにしながら手を半分だけ上げた。

「こうかしら。はい！」

今護衛が全員倒れたのではないか。クリスに嬉しそうに抱きつかれ、ちょっと照れてニコニコしているフェリシアのなんとかわいいことか。

「うむ。それでよい」

しかし、三歳児にはフェリシアが手を挙げたことのみが重要らしかった。腕を組んで偉そうに頷いている。

「といっても私も実は行ったことはないんだけどね」

「そうなのか」

ニコがおかしくないかと言う顔をする。

「だって、必要なら竜車が用意されているだろう。ほら」

確かにマークの目線の先には、厩舎に行く用の竜車が用意されていた。

「私だって、城の中なんて君たちよりほんのちょっとしか知らないんだぞ。だから授業のある日は事前に調べてからくるのであって、たいていのところは行くのは初めてだな。実は温室も初めてだったし。ハハハ」

「まーく……」

私は思わずあきれてマークの方を見たが、よく考えてみたら、よく城を知っているほうがむしろおかしいような気もする。勉強してから来てくれるのなら、それはそれで先生らしくてありがたい。

「さ、もっとも厩舎は五つあるそうだから、急いで回るぞー」

「いつつ！」

これは驚きだ。

「大きい放牧場は別にあって、必要な分だけ連れてくるんだそうだ。あとは城に来る竜を預かる役割だな」

確かに勉強になる。それから私たちは、竜車に乗りながら厩舎巡りをした。兄さまやギルと違って暇なマークは午前中から来てくれるので、眠くならずに遊べるのがいいところだ。

厩舎と言ってもどれも小さい放牧場が付いていて、ラグ竜はのびのびと過ごしているようだった。

「りゅう！」

「キーエ！」

「キーエ！」

私が声をかけるとラグ竜が寄ってくる。

ちいさいこがきたわ。めずらしいわね、のっていくのと竜の気持ちが伝わってくるが、私は首を横に振った。

「のりゃないの。きょうはけんがくにきまちた」

そうなの、いつでものっていいのよと頭に鼻息をかけるから、私は思わず笑ってしまう。隣のニコにもクリスにも鼻息を吹きかけている。からかっているのだ。

「リアは本当に竜に好かれるなあ」

「りあもりゅうがしゅき」

「キーエ！」

なぜかどの厩舎の竜も私たちを知っている。不思議なことである。

王都の中心部、少し小高い丘になっているところにキングダムの王城は建っている。外側にある厩舎を順番に回っていくと城を一周することになる。竜車でなければどのくらい時間がかかったことかと思う。

「キングダムの城は王都の真ん中にあるから、もし敵に囲まれたら籠城するしかないよな」

もうすぐいつもの場所に戻るというところで、マークがそうつぶやいた。ニコに聞かせたいのか、フェリシアに聞かせたいのか。

だが、私はその可能性自体がありえないと思う。小高い丘の上に立っている城はかなり大きい。これを囲めるだけの兵を、他の三領が持っているとは思えないからだ。だが、マークは思いもかけないことを言い出した。

「キングダムの国境際での小競り合いはあっても、ここ王都まで攻め入れられたことはないんだ。なぜだかわかるかい？」

「けっかいをつくるひとを、がいするわけにはいかないから」

ニコがまじめな顔でそう答えた。フェリシアはまっすぐにマークを見ているだけだ。

「私は逆だと思うんだよ、ニコ殿下」

「ぎゃく、とはどういうことか」

マークが難しいことを言い出し、ニコがきまじめに問い返している。

「キングダムを攻略しようとしたら、四侯と王族だけを押さえればいいだけだからだと思うんだ」

「だが、それではけっかいがなくなってしまう。たみのことはどうするのだ」

「そうだよねえ、殿下。殿下はいい子だ」

マークはニコの腕をポンポンと叩いた。

私はマークから目をそらし、竜車の外から地平を眺めた。その向こうに結界に守られた民がいる。

領地を削るとか、ラグ竜の利権とか、そういうことで争うことはあるのだろう。しかし、キングダムという国そのものを攻め滅ぼそうとする領は今まではなかった。

ただ、マークの言っていることはつまり、キングダムの民のことなどどうでもいいと考える人が敵にいたら、どうなってしまうのかということだ。

「マーク、四侯や王族を一時的に押さえたとしても、民を守れない人はキングダムを治めることはできません」

フェリシアが静かに答えた。それは正しい。フェリシアは民を守るという立場でものを考えることができている。

でも、そもそも守るつもりも治めるつもりもなかったら？

私はぶるっと震えた。

「リア、もうすこしだからがまんするのだ」

「なにを？」

「ひとつまえのきゅうしゃでてあらいによってくればよかったな」

「ちがいましゅ！」

一歳でおむつのはずれた私に何を言うのだ。気のきく幼児も考えものである。

北の領地から帰ってきて一か月もすると、このように日々の生活は落ち着き、決まったリズムで回るようになった。

朝、お父様と一緒にご飯を食べたら、お城に行って、午前中はニコと勉強したり、絵を描いたり、本を読んだりする。ちなみに、お絵かきと本読みは、私が少しずつ取り入れてもらったメニューである。

二歳児と四歳に近い三歳児が、一日に三時間も勉強をしてもあまり意味がない。オッズ先生には、北の領地に行ったところをおさらいしてもらったりと、以前に比べると臨機応変に授業してもらっているが、それでも途中で飽きてしまう。

お絵かきで手を動かしたり、本を読んだりするのもいいものである。季節も春へと移り、暖かくなってきたので、外に出て植物観察をしたり虫を捕まえたりもする。

「あ、いた」

私は日向ぼっこしているトカゲをしゅっと捕まえた。

「リア様はこういうところだけ素早いんだよな」

「いちゅでもすばやいでしゅ」

「リア様、私は結構ですので」

「なたりーにはあげましぇん」

うちの護衛とメイドがちょっと失礼である。

「リア、どうした?」

ちょうちょを追いかけていたニコが走り寄ってきた。

「にこ、てをまるくちて」

「まるく?　こうか?」

ニコにはいろいろな物を手渡しているので、手を丸くという意味はよくわかっている。私が渡すのはたいていはよいものだから、ニコは嬉しそうに手をお椀のように丸めて差し出してきた。

「あい」

私は捕まえた小さいトカゲを、そっとニコの手の中に入れた。

「おお……」

トカゲは少しの間じっととどまっていたが、小さい舌をちょろりと出し入れしたかと思うと、ニコの手首をするするとつたって地面に飛び降りてしまった。

「ああ、行ってしまった！」

目をキラキラさせてトカゲを見ていたニコが嘆いている。

「だいじょうぶ。またちゅかまえりゅ」

トカゲとりはコツがあるのだ。一歳からできていた私に死角はない。私はふんと腕を組んだ。

「リア、うでがくめてないぞ。いや、くめている、か？」

「惜しい、もう少しだな、リア様」

どうやら私も進化しているらしい。

「そのちょうしでまたつかまえてくれ、リア」

「あい！　まかしぇて」

自分で捕まえる気のないニコであった。やはり王子様だからだろうか。

こんな午前中を過ごし、もっときちんと体を動かす午後が来て、私はいつものようにお昼寝をする。

週の半分はここにクリスとフェリシアが加わる。

そして、週の半ばにはマークがやってきて、朝から城のどこかの見学に連れて行ってくれる。お休みの前の日は、兄さまとギルが来てくれて、四侯の子ども全員で魔力の訓練をする。

遊びのようだった魔力の訓練は、年上の後継ぎたちには物足りないようで、私たち小さい子組が魔力を揺らして遊んでいる間、オールバンスの家から大きな魔石を持ち出しての本格的な訓練に変わってきていた。

ということは、兄さまがお父様に、魔石を持ち出す許可をもらったということだ。兄さまによると、各自親には秘密にするようにということだったが、速攻でばれているのではないか。

気になった私は夜の魔力訓練という名の兄さまとの語らいの時、そのことを聞いてみた。

「ええ、マークは親世代には知らせないほうがいいと言っていましたが、そもそも王家の護衛が見ているでしょう。お父様どころか、まず確実に、ランバート殿下にも伝わっていると思いますよ」

「らんおじしゃま、みにくりゅきがしゅる」

あの面白いこと大好きなランおじさまが、こんな面白そうなことを黙って見ているわけがない気がするのだが。

「私も見にきたがっていると思いますよ。きっとマークかアルバート殿下経由で話を聞いていて、それでも我慢しているのかもしれませんね」

私と兄さまは思わず顔を見合わせて、苦笑した。

あの好奇心旺盛なニコのお父さんが、うずうずしているけれどニコのために我慢している様子が容易に思い浮かんだからだ。

「しょれで、おとうしゃまは？」

「お父様には、私が話してしまいました」

兄さまがきっぱりと言うので私は笑ってしまった。

「危うくマークに巻き込まれるところでした。いえ、マークの言っていることはその通りだと思います。思い切って、子どもたちも力をつけようと言い出してくれてよかったです。でも、それを親に秘密にするより、ちゃんと話して協力してもらうほうがいいに決まっています。ただ、レミントンには」

兄さまは首を横に振った。レミントンには知られないようにしたほうがいいと兄さまは言う。

「だから、ああやって週一日だけしっかりやって、他の時は皆おくびにも出さないようにしているんですよ」

「りあたちも、ないちょにちてる」

「えらいですね」

兄さまが頭をなでてくれる。もっとも、秘密を漏らす相手もいない二歳児である。

第五章

結界

やはり親には秘密にできていなかったことが明らかになった次の週、兄さまの授業の後、珍しくギルがそのままうちにやってきた。お休みの日にはよく来るけれど、平日に来ることはほとんどないのに。

竜車こそ別だったが、一緒に夕ご飯を食べ楽しく過ごした後、兄さまと私の語らいの時間に今日はギルも一緒である。しかもお泊まりである。

「ぎる！　こっちのべっどが、ぎるのところ！　こっちがりあとにいしゃま」

珍しい人がいるので私も思わずはしゃいでしまっている。ギル用の客室に、私と兄さまも一緒に寝るのだ。

「リア、おちついて」

「あい！」

兄さまがはしゃぐ私を捕まえてベッドの上にそっと下ろす。そして私の隣に腰かけると、ギルの方を見た。

「ギル、何か話があるのでしょう？」

「ああ」

私は気がつかなかったが、何か言いたいことを抱えていたらしい。ギルは少し自信がなさそうに口を開いた。

「俺、結界が作れるようになったと思う」

私は思わず動きを止めたが、おめでとうと言おうとしてはたと気がついた。これはおめでとうということなのだろうか。

「確かにやり方は教えていましたが、よく一人でできましたね。すごいです」

兄さまは素直に称賛していたので、おめでとうということなのだろう。

「北の領地でリアとルークは結界で位置を知らせあっていただろう。あの時、正直うらやましいと思ったし、何度も結界を肌で感じて、何となく感覚をつかんだような気がしたんだ」

「にゃるほど」

私は納得して頷いたが、なぜギルは笑っているのか。

「リアのにゃるほどは久しぶりにきいたからさ」

「な、なるほど」

私は言い直した。気をつければちゃんとそう言えるのである。

「言い直さなくてもいいのに」

兄さまが私の頬をむにっとつまんで微笑み、そのままギルの方を向いた。

「ギルが結界を張れば、私たちにもわかります。今日泊まりに来たのは、実際にできているのか見てほしいということなのですよね」

「そうなんだ。お願いできるか」

「もちろんです」

兄さまは力強く頷いた。

そして、一つのベッドに三人で丸く輪になって座る。

「いくよ。結界」

ギルから丸く、魔力が広がっていく。その魔力が、ゆっくりと結界へと質を変えていく。いきなり結界を作るのではなく、魔力を変質させていくやり方のようだ。少し時間はかかるが、結界を学ぼうとしている初心者にはいいやり方かもしれない。

「ああ、結界に変わった……」

目を細めて魔力を感じていた兄さまがポツリと言葉をもらした。しかしすぐに、目を見開いた。私も同時にはっと身を震わせた。

「ぎる、おおきしゅぎる！」

「魔力を止めるんです！」

兄さまがギルの腕をつかむと、ギルはハッとして魔力を出すのを止めた。

「体は何ともないですか！」

「あ、ああ。このくらいはたいしたことない」

どんどんどんと、ギルの言葉をさえぎるようにドアが叩かれた。

「ああ、大きすぎてお父様に気づかれてしまいました」

「やばい。俺の父様にもばれてしまう」

何を内緒にして、どこまで話すか。私たちにとってとても難しい問題であった。

ドアを叩いた音はしたが、返事も確認せずドアをバンと開けて入ってきたのは、さすがというかやはりというか、お父様である。

「父様に黙って楽しそうなことをしてはいないか、おや、ギル」

「お父様……」

兄さまが残念そうな目でお父様を見た。

「そういえば今日はギルと一緒の部屋に泊まるのだったな。そうか、ここは客室か」

結界の発生元を突き止めてすぐに来てはみたが、それが兄さまや私の部屋ではないことにやっと気がついたらしい。自分の屋敷でも客室は入ったことがないようで、お父様は部屋を物珍しげにぐるりと見渡すと、改めてギルに目を留めた。

「ずいぶん雑な結界だったが、まさかギルのものか？」

「は、はい」

これで失礼なことを言っている自覚がないのだから困ったものだ。ギルは微妙な顔をして頷いた。

「ギルに失礼ですよ、お父様」

「す、すまん。リアかルークが久しぶりにやったからへたくそなのかと」

まったくフォローになっていないどころか、傷口に塩を塗る行いです、お父様。

「そ、それでもお父様がわかるほどはっきりした結界だったということですよ。ギル、すごいですよ」

「ぎる、しゅごい」

私たちが頑張ってフォローするしかないではないか。

「はは。ありがとう。雑、か」

ちょっと落ち込むギルのことを気にもせず、お父様はすたすたともう一つのベッドのところに歩み寄ると、すっと腰を下ろした。

「せっかくだから、雑、というのがどういうことか、今日自覚して、結界の精度を高めていくがいい」

結界を作ることそのものに、よいという評価も悪いという評価もなく、できたのなら中途半端にせずきちんとすべきだと言うお父様はなんてかっこいいのだろう。私はキラキラした目でお父様を見上げた。

そしてそっと目をそらした。

私と同じキラキラした顔をしてギルを見ているお父様は、最近退屈だったからいい遊び相手ができたと思っているようにしか思えなかったからだ。

「お父様、私だけでも結界については教えられると思いますが」

兄さまはギルの精神的ダメージを重視したのか、やんわりとお父様は必要ないと主張した。

「でも父様がいたほうが何かと安心だろう。私が見守っているから。スタンも視察に出かけていることだし、私が親代わりだ」

さあやるのだと両手を広げるお父様は、親代わりだとしたらむしろギルを止めるべきだと思うのだが、本当に仕方がない。兄さまも思わず緩んだ口元を咳払いでごまかしながら、ギルに向き合った。

「では、私が小さい結界を張ります。その小さい結界を作る魔力量と、結界の質を感じてみてください」

「ああ、わかった」

ギルが真剣に見守る中、兄さまは構えもせずすっと結界を張った。もちろん、魔力を変質させずにいきなり結界を作っている。その範囲は兄さまをゆったり囲うくらいだ。

「さあ、結界に手を出し入れしてみてください」

「ああ。うわ」

ギルは言われた通り、結界に手を出し入れしてみている。

「これは携帯用の結界箱を参考にしていますから、ギルもそれを目安にするといいのですが」

「ああ、その手があったか。なるほど、俺の結界は魔力が結界に変わり切っていない、ような気がする。よし」

「ああ、ちょっと待って！」

兄さまは急いで結界を消した。

「人が作った結界は響きあって大きく広がります。ついうっかりやってしまいがちなので、結界を作るのは一度に一人ずつ、それを徹底させないと」

「そういえばそうだったな」

ギルは旅の途中を思い出したのか神妙に頷くと、魔力を抑え気味に結界を張った。やはり魔力を出してから結界に変えるという形ではあったが、先ほどより雑味の少ないよい結界となった。

「おお、なかなかよいな。最初のリアの結界よりは劣るが」

お父様が余計なことを言う。ギルが興味津々で私を見た。

「最初のリアの結界ってどのくらい雑だったんだ？」

にやにやしているのは、雑仲間がいて嬉しいのだろう。だが、言っておく。

「りあ、ざつじゃありましぇん」

そもそもオリジナルで考えたのは私なのだ。皆は苦労せずに真似しただけである。ぷうと膨らませた私の頬を兄さまが指でつついた。

「お父様、そもそも結界を自分で考えたのはリアですよ。雑とか失礼です」

「すまない、リア。リアの作るものはなんだって最高なのに」

嘘だ。さっきお父様は雑だと言っていたではないか。私はプイっと顔をそむけた。

「あああ、リア」

「あの二人は放っておいて、もう少し結界を作ってみましょうか」

「ああ、何となく感覚がつかめてきたから、ちゃんとやりたい」

私はお父様に抱き上げられ、胸にきゅっと抱きしめられた。そうなったらいつまでも怒ってはいられない。

「りあもちゃんとできましゅ」

「リアもリアの結界もかわいいとも」

結界にかわいいも何もない。しかし、かわいいで思いついた。ボールを手の上に乗せるみたいに、体の外で作れないだろうか。

「てのうえに、ちっちゃいけっかいちゅくりゅ。かわいい」

私は右手を伸ばしてやってみた。後で考えたら、小さくてかわいい結界など何の意味もなかったのだが。

「ちいちゃい、けっかい」

ぽわんと、メロンくらいの大きさの結界ができた。

「リア、何を？」

兄さまが魔力の揺らぎを感じたのか私の方を見た。つられてギルもこっちを見たが、

「うわあ！」

結界を作ったまま振り返ったのでギルの結界が大きく揺らいで膨らんだ。

それは私の小さい結界を巻き込み、キーンと大きく広がって、消えた。

「「「……」」」

部屋には気まずい沈黙が落ちた。しかし、お父様はコホンと咳払いし軽くのどの調子を整えた。兄さまもだ。

「消えたのだから、なかったのと同じだな」

「そうですね。今日はこのくらいにしましょうか」

私も神妙に頷いた。

「もうねるじかんでしゅ」

「オールバンスって……」

ギルが思わずというようにつぶやいたが、何でもかんでもオールバンスで済ませるのはやめてもら

いたい。そもそもギルのコントロールがよくなかったのが理由なのに、ギルを誰も責めなかったのだからそれでよいではないか。

　おしゃべりしながらもさっさと寝てしまった私だが、理不尽なことに、困った状況に陥る羽目になった。


　次の週お城に行った私の前には、三人の男子が並んでいる。

　ニコ、アルバート殿下、ランバート殿下だ。ニコとアル殿下は腕を組んでこちらを見ている。ランおじさまは面白そうな顔をして並んで立っているだけだが。春だというのに王族が三人並んで暑苦しいことだ。

「リア、せんしゅうのやすみまえのよるのことだが」

　ニコが重々しく話し出した。予想通りである。

　そもそも、アル殿下とニコ殿下の付き添いで北の領地に行ったわけだし、その北の領地で起きたあの落下事件では、私と兄さまは連絡を取り合うために結界をガンガン使った。

　非常事態でもあったから、あの時私は何も言われなかったし、兄さまも何も言われなかったと思う。でも、魔力を持っている人は多かれ少なかれ何かを感じたと思うのだ。もしかしたら、北の領地特有のものかとその時は思ったかもしれない。だが、同じ「何か」を王都でも感じたとしたら、それは北の領地でも一緒だった誰かが起こしたということになる。

　そしてその誰かとはつまり、

「リア、お前だな」

となる。アル殿下、目が鋭いです。幼児を見る目じゃないな。私はやれやれと首を横に振った。

そもそも、兄さまやギルという可能性もあるではないか。現に元はといえばギルが結界を作ると言い出したのだし。

「なんのことでしゅか」

私はそう答えると、手のひらを上にして両手を上げてみせた。よくお父様がやっているやつである。

「くっ。オールバンス。くくっ」

ランおじさまが笑いをこらえている。失礼だが、つまりお父様に似ていたということなのだろう。

ならばそれでよい。

「ほんとにお前は腹の立つ」

北の領地への道中でも腹の立つことなどほとんどなかったはずだ。アルバート殿下が勝手にイライラしていただけである。

「リア、おじうえはともかく、わたしにもおしえられないことか」

ニコが悲しそうな顔で私を見た。これはずるい。しかし、二歳児を追及する大人もずるいと思う。

私は思わず大きな声を出した。

「ぎるとにいしゃまにきいて！　りあはちらない」

しまった。これでは兄さまとギルが何かしたみたいではないか。

一瞬だけ罪悪感を感じたが、実際二人がしたことなわけだし、後は二人に任せよう。

私はすっと気持ちを切り替えた。

「さ、にこ、べんきょうのじかん」

「あ、ああ」

私はニコの手をつかむと、図書室に向かって走った。後ろから小さい声が聞こえる。

「少しも速くならないな」

アル殿下は本当に失礼である。たった一か月か二か月で足が速くなったら、大人になったらどれだけ速く走っていることか。

階段を上がり切ると、ニコは真剣な顔で私にこう言った。

「おじうえは、きたのりょうちのことしかきづいていない。だが、わたしはこれでさんどめだとおもうのだ」

ニコの賢さには本当に恐れ入る。

「れんごくとうでもおなじことがなかったか」

「にこ、しょれは」

すぐ側にいたからか、あの時ニコはとっさに私が結界を張ったことに気がついていたのだ。

「せちゅめい、むじゅかちい。にいしゃまにきいて」

「わたしにだけ、ないしょではないよな?」

ニコが寂しそうな顔をするので、私はつないだ手と反対の手でニコの頭をなでた。

「ちがいましゅ。ともだちだもん」

「そうだよな！」

ニコは明るい顔になると、私の手を引っ張った。本当は友だちでも内緒にすることもある。でも、アル殿下はともかく、ランバート殿下にまで感づかれたらもう曖昧にはできないだろう。

「にいしゃま、ぎる、まかしぇた」

あとは大きな二人に任せるのみ。あるいはお父様でもよい。

「どうした？」

「なんでもない。いこう！」

「ああ！」

今日もオッズ先生をごまかして、なんとか勉強時間を減らすのだ。

兄さまとギルに任せてしまおうと思ったのだが、やはりことが大きすぎてそれではすまなかったようだ。

結界を保つためという理由で、四侯が王都を離れていられるのはぎりぎり一〇日だ。その一〇日を利用して、先週からギルのお父様はファーランド方面へ視察に行っていた。その視察の報告を受けるという名目で、ついでにお父様も兄さまもギルもその場に呼ばれ、先週の結界を張った事件について聞かれたらしい。

それが今週の休みの前の日、つまりうっかり結界を反応させてから、ちょうど一週間たった今日だった。

そのせいで、せっかくの兄さまの授業中に、兄さまとギルも呼び出されてしまってつまらなかったのである。

「リアはぶーぶーもんくをいいながら、クリスとフェリシアとマークとたのしくあそんでいたではないか。とちゅうでしっかりひるねもしていたし」

「ぶーぶーちてない。あと、にこともあしょんだ」

「たのしかったからいいではないか。おおきいひとにもじじょうがあるのだぞ」

マークやフェリシアには事情などなかったではないかと言いたかったが、我慢した。

その日げっそりとした顔で帰ってきた兄さまはともかく、いつになく厳しい顔をしたスタンおじさまに連れられて帰っていったギルのことが心配だ。

「兄さまのことも心配してください」

「うちはだいじょうぶでしゅよ」

第一、誰一人として厳しい顔も暗い顔もしていない。明日から二日お休みで、家族で過ごせるのだという明るい顔の人しかいない。お父様などむしろいつもよりご機嫌なくらいである。

「久しぶりにスタンに会えたしな。息子のギルから話を聞く前に王家に呼び出されたものだから、事情をそこで知らされて渋い顔をしていてな。いつも明るい奴だから、そんな顔を見るのもたまには面白い」

「おとうしゃま……」

完全に人ごとである。そもそもギルが悪いという話ではなく、うちがやっていたことをギルが真似しただけであって、元凶はオールバンスなのに。

「オールバンスがというか、リアですよ、そもそもは」

「りあ、わりゅくない。まねちたのは、にいしゃまとおとうしゃま」

「確かにな。そもそもを語りだすときりがないからな」

お父様がうまいことまとめてくれた。自分の都合が悪かっただけかもしれないけれども。

「まあ、スタンは面白かったが、それよりも面倒なことになってな」

お父様がため息をついたが、聞かなくてもわかる気がした。

「殿下がたが、自分たちにもやり方を教えてほしいと」

やっぱりそうなるよね。

だが、これは私の仕事ではない。ただでさえお仕事が忙しいお父様にさらに負担がかかるのは大変だけれど、教えるのが自分ではないことに正直言ってほっとした。

お父様、頑張れ。


お父様はウェスター方面の仕事を担当しているようだが、ギルの父親であるスタンおじさまがファーランド方面に視察に行っていることはこないだ知ったばかりだ。

では、レミントンとモールゼイは何の仕事をしているのだろうか。

私は兄さまの授業で皆が集まった時に聞いてみた。

すると、クリスとフェリシアの両親はイースター方面に仕事に行っているらしい。もっとも、いつもと違う取引が行われているのは主にファーランドであり、イースターに特段変わったことがあるわけではない。

変わったところといえば、お母様だそうだ。

「いつもは、王都を離れられないお母様の代わりにお父様が出かけるのだけれど、今回は『たまには私も行ってみたいわ。いざというときはフェリシアが役に立つだろうし』と言って出かけてしまったのよ」

フェリシアが仕方ないのよと言うように肩をすくめた。

「だが、フェリシアはまだけっかいのませきはあつかえぬのではないのか」

ニコがまじめな顔をして問いかけた。

「完璧に扱えるかと言われれば、まだできないわ。訓練はしているのだけれどね。だからお母さまも、四侯が王都を離れられる一〇日間というギリギリではなくて、七、八日くらいで帰ってくると思うわ」

「いざとなったら、王家だけでも陛下の他にランバート殿下がいらっしゃるし、アルもいる。実はアルだって、一人で十分魔石に魔力を入れる力があるからね」

マークがフェリシアに大丈夫だというように頷いた。ついでに友だちであるアル殿下の株を少し上げようとしていておかしい。

「モールゼイだって父と私と二人いる。本当は四侯でも一〇日以上離れられないわけではないんだけどね。他の家の魔石は触らないという不文律があるから」

フェリシアの説明にマークもいろいろ付け加えてくれる。今日は魔力訓練の日だから、兄さまもギルもマークもいるので、公式には言われていないことまで教えてくれるのだ。

そういえば聞いたことがある。誘拐された私を助けるために、お父様はその一〇日間ぎりぎりを使ったと言っていた。それでも監理局から許可をもぎ取るのが大変だったと。

「かんりきょく」

「なんだ、リアは難しい言葉を知ってるなあ。どうでもいい言葉でもあるけれども」

マークが頭をなでてくれたが、けっこう厳しいことを言っている。

「四侯が遠出するときは監理局に許可をもらうことになっているんだよ。つまり、ギルのお父様もフェリシアのお母様も、仕事とはいえちゃんと監理局に許可を取って行っているはずだよ」

「おとうしゃま、たいへん、いってた」

「そのお父様のせいと言うか、おかげと言うか」

マークはにやにやと笑っている。いったいお父様が何をしたというのだろう。

マークが続きをなかなか言わないので、焦れた兄さまが心配事を話し始めた。

「私も監理局のことは気になっていました。今度お父様もウェスター方面に、と言ってもケアリーの町にですが、視察に行くそうなのです。またお父様が監理局とやりあうのかと思うと心配で」

兄さまがちょっと心配そうだ。

「うちだけだな、視察に出ないのは」

「モールゼイは担当が内政中心ですからね。それに加えてうちは、魔石の商売もありますから」

マークのお父様は王都の外には出かけないようだ。

「だが、オールバンスが型破りにあちこち出かけるものだから、監理局も面倒になって視察の許可が下りやすくなったらしいよ。今四侯が気軽に視察に行けるのはリアとオールバンスのおかげだね」

「りあの？」

私は急にそんな話が出てきて驚いた。

「リアを取り戻すために、オールバンスが頑張ったからさ。ギルのところ、リスバーンもだけれどね。ほら、確かルークと一緒に北部に行っただろう」

ギルは先週末、よほど強くスタンおじさまに叱られたのか、今週は少し元気がない。そんなギルを話に加えるようにマークが話を振った。

「そういえばファーランドにちょっとだけ出たんだよな、俺たち」

「そうでしたねえ。ハンターたちに裏切られて、さんざんでしたね」

ギルは何か思い出したようで兄さまと笑いあっているが、何その冒険に満ちあふれた話。とても聞きたいのだが。

「りあ、きいてない」

そこを強調しておこう。

「おや、北の領地に修業に行ったと話しましたよね」

「しゅぎょうちたのはちってる。けど、しょれだけ」

そのくらいしか聞いていていない。

「ルーク、きかせてくれないか」

ニコが目をきらめかせ、マークも興味津々だ。

「ほんとだよ。何そんな面白そうなことしてるの。私も視察に行くべきだろうか」

「こわいお話なの?」

クリスまでも目を輝かせている。フェリシアはちょっといかがなものかという顔をしていて面白い。

おそらく話は聞きたいのだが、クリスに聞かせていいものか迷っているのだろう。

「そうですね、虚族が出てくるお話になりますが、クリスは大丈夫でしょうか」

「もちろんよ!」

おそらく虚族と言うものをわかってはいないだろうけれど、クリスは大丈夫だと胸を張った。

私? 私はもちろん大丈夫だ。

本物の虚族を知りたいという兄さまの願いにお父様が応えてくれたところから話を聞きながら、私はウェスターから帰って来た時の、腫れものを触るような扱いを思い出していた。さらわれたことにも、さらわれていた間のことにも触れないようにと、お父様も兄さまも、屋敷の者も気を使って大変だった。

それが、いつの間にかこうして単なる思い出となり、友だちを楽しませる自慢話になる日が来るなんて。

私の大変な赤ちゃん時代は、もうこれで終わるのだと思えた春の一日だった。

しかし、兄さまとギルの話は楽しませるというには少々怖すぎた。

「その時、結界から出てしまった仲間を助けようと、ハンターが結界箱を持って走り出したのです」

「なんということだ！」

芝生に座っていた私たちだが、話のその部分でニコが思わずというように立ち上がった。

「ルークとギルがきょぞくにやられてしまう！」

「ニコ殿下、ほら、俺たちぴんぴんしてるだろ」

「おお、そうだな」

ギルの言葉に、ニコはほっとしたように座り込んだ。私はクリスとフェリシアに両側から張り付かれている。私にくっついていても何の役にも立たないと思う。

「しかし、私たちはそれぞれ、密かに新開発の結界箱を携えていたのです」

「へえ、それは聞いたことないぞ」

「しんかいはつか」

マークとニコの目がいっそう輝いた。好きだよね、男子はこういう話。

「その時のハンターたちの驚いた顔を見せたかったなあ」

ギルがそうまとめて、男子は新開発の結界箱についてはわいわいと話をしている。無事に虚族を退治して話が終わった時、兄さまが何気ない顔で爆弾を落とした。

「そういえば、私たちは結界箱がなくても結界が作れるのですよ」

それはマークやフェリシアの前で言ってもいいことなのか。私は焦ってマークとフェリシアの方を見た。

マークは目を細めて、ちょっと口元を不敵な感じにゆがめた。

「二週前の夜、だな」

ギルとうっかり結界を広げてしまった日のことだ。

「気がついていましたか」

「強い何かが体を通過していった。だから、何かが起きたことはわかった。そして何かが起こるといえば、その原因はたいてい」

なぜそこで私を見るのだ。私は目をそらして庭の方を見た。そう言えば、話が面白すぎて今日はお昼寝をしていないような気がする。

「俺も作れるぞ」

「わたしもれんしゅうちゅうだ」

ギルだけでなく、ニコまで胸を張っている。そんなにはっきりと言っていいことなの？

「りあだってできましゅ」

「ほらね」

しまった。つい皆につられて言ってしまった。

まあ、私についてはうっかり自分もできると言ってしまったことは仕方がない。しかし問題は、なぜニコが練習中かということだ。

そもそも、アル殿下やランおじさまが揃って結界を学びたいと言ったのは、今週の始めではなかったか。そこからまだ一週間もたっていない。兄さまに目で尋ねると、

「学院の寮と城は割と近いんですよ。夜、ギルといっしょに二度ほど招かれました」

という答えが返ってきた。それはちょっとずるくはないか。

平日は兄さまは寮で、夜は一緒に過ごせない。それなのにニコとは一緒に過ごしているなんて。

「りあだって、にいしゃまといたいのに！」

私は嘆いた。

「リア、すまぬ。ルークとギルにはごくひできてもらっているから、おおやけにはできなくて」

ニコが申し訳なさそうな顔をした。しかし、極秘とか、公とか、ニコが難しいことをサラっというので、私はおかしくて怒るどころではなくなってしまった。もっとも、

「ごくひもなにも、みんなにばれてりゅ」

ではないか。マークにもフェリシアにもクリスにも、なんなら護衛にもばれてしまっている。王家の護衛とハンスだけならいいが、護衛隊も混じっているのだ。そのまま監理局に報告がいってしまうというのに。

私はグレイセスの方をちらっと見た。グレイセスは何も聞かなかったようなまじめな顔をして静かに立っている。素晴らしい。ハンスの方を見たら、ハンスは片方の眉を上げてにやりとした。

「はんす、ちっかく」

「待て、リア様。今なんで不合格が出たか、さっぱりわからないんだが」

確かにちょっと理不尽だったかもしれない。仕方ない。私は眠いのだ。

「にいしゃまが、にいしゃま」

「さ、リア、兄さまにおいで。ほら、いい子」

兄さまに抱き上げられて私はすやりと寝てしまった。いつもならお昼寝の時間に起きていたので、自分でも感情のコントロールができなくなっていたようだ。不覚。

それにしても、この眠い体質は何とかならないものか。皆がこの後どうしたかわからないではないか。頑張って起きていた分よく寝てしまったようで、目が覚めた時はもう帰りの竜車で揺られていた私である。

「おわった……」

兄さまがお城に来る楽しい一日が終わってしまっていた。無念。お父様が驚いたようにこっちを見た。幼児がお昼寝から起きてそんなことを言ったら、確かに驚くだろうな。

「リア、いきなりどうしたのだ」

「きょうがおわりまちた」

意気消沈している私に、お父様は無情だった。

「なんだ、そんなことか」

という始末だ。兄さまが来る日にはニコとクリスだけでなく、ギルもマークもフェリシアもやってくるからにぎやかで楽しい日なのだ。そんなことではない。

「そもそも、今日は終わっていない。これから私とルークとおいしいご飯を食べて、お風呂に入って、おしゃべりしてホカホカの布団に入るのだぞ」

「たちかに！」

まだ今日は終わっていなかったことに気づき、私が機嫌を直している横で、お父様が兄さまと話を

続けている。

「それで殿下方はどんな感じだ」

「はい。さすがと言いますか、まずできたのはニコ殿下でした」

「ほう」

「にこ！　しゅごい！」

よくわからなかったが私も話に参加しておく。

「リアといい、ルークといい、幼いほうが習得しやすいのだろうか」

「おとうしゃまも、しゅぐできた」

「私は優秀だからな」

自分はできて当たり前だというお父様。

「かっこいい」

「なんだ、リア。照れるではないか」

ちっとも照れたような顔ではないのがお父様である。

「アルバート殿下とランバート殿下は苦戦しておられますよ」

「魔力量が多すぎて、かえって微妙な調節が難しいのかもしれんな」

「そんな感じがします。それから、相談していた通り、マークやフェリシアにも結界のことは伝えました」

最初からお父様には相談済みだったのか。私はほっとした。

「監理局が何と言ってくるか。まあ、王家も巻き込んでいるから、やるなとは言えまいな」

くくっと笑うお父様は、監理局が大嫌いなのだ。

「もちかちて」

「そうですよ。グレイセスも監理局に報告しないわけにはいかないでしょうからね」

どうせ監理局には伝わるのだから、わざと伝わるようにしたのだという。

「ハロルドには先に伝えてあるからモールゼイは大丈夫だが、視察から帰って来たレミントンがどう出るか」

お父様が少し難しい顔をした。兄さまはたいしたことはないでしょうと言う顔をしている。

マークは父親には内緒にすると言っていたらしいが、大丈夫だろうか。お父様たちはレミントンについて話しているが私はマークのこともちょっと気になった。

「レミントンはフェリシアの魔力訓練についてもたいして興味はないようですし、クリスについては魔力訓練をしているとさえ思っていないでしょう。だからこのことについてもレミントンは行動を起こさないと思いますが」

「視察とは言えアンジェが王都を出たことには驚いた。キングダムを出るどころか、王都を離れるのも好まないと思っていたからな」

常にないレミントンの動きに、お父様は警戒しているらしい。

「それより、お父様の視察の方が心配です」

「ケアリーは遠いからな。リア、内緒だが、ウェスターの第二王子と会う予定だぞ」

「だいにおうじ……。ひゅー！」

懐かしい名前を思い出した。

「その時に、あのリスバーンの子がどうしているかも聞いてくるつもりだから、父様の帰りを楽しみにしているがいい」

「あい！　ありしゅた！」

「そういえば、アリスターと言ったか」

相変わらず興味のないものには興味のないお父様である。第二王子と言っていたが、ヒューの名前も知らないのではないか。

「あと、だいにおうじ、ひゅーばーと」

「うむ。ヒューバート殿下か。なるほど、頭に入れておこう」

やっぱり知らなかった。

アリスターたちのもとを離れてからもう半年になる。アリスターはどのくらい大きくなっただろうか。バートはともかく、キャロやクライドは女の子とお付き合いできているのだろうか。ミルはまあ、無理だろうけれど。

「リアがますます愛らしくなったと伝えてこよう。王子と共に学び、楽しく暮らしているとな」

「お父様……。大人げないです」

兄さまが冷たい目をしている。そんなことを伝えても、皆よかったなと喜ぶだけで悔しがったりなどしないのに。

「りあ、うでがくめりゅようになった」

これは伝えておいてもらおう。もちろん、すたすた歩けているのはもう知っているはずだ。

「おや、腕を組むのはもともとできていたのではなかったか」

お父様がちょっとにやにやしている。私は赤ちゃんではないので、からかわれたくらいでめげたりはしない。

「もちろんでしゅ。もっとじょうじゅになりまちた」

「わかったわかった。腕が上手に組めるようになったと伝えてくるよ」

「あい」

本当は会いたいけれど、会いに行くには遠すぎる。

そんな私の気持ちを汲み取ってくれたのか、兄さまが優しい目をして微笑んだ。

「リア、夏に行きましょう」

「なつ？」

「そう。学院が長いお休みに入ります。お父様は一〇日しか王都を離れられないけれど、私とリアなら、何日離れていても大丈夫ですからね」

「そ、それはずるいぞ」

お父様が慌てている。

実際、警備の関係もあり、そんなに長く王都を離れていることはできないだろう。特に私は何度もさらわれかけた過去がある。警備が厳重なものになり、お金もかかる。国交の問題もある。気軽にウェスターに行けば、イースターにも、ファーランドにも来てほしいという話にもなるだろう。行きたいという気持ちは皆に迷惑がかかる。

それでも、会えるのなら会いたい。いつか会おうと思っても、会えなくなることだってあるのだから。

「ルーク、私がケアリーに行っている間に、殿下方が結界を張れるようにしておいてくれ。いつまでも相手をするのは面倒だから」

「そもそも相手をしているのは私ですよ。まったく、お父様はいつも一言余計なのです」

王都に帰って来たばかりの頃の、退屈だった日々は何だったのかと思う。私だけでなく、私の周りも慌ただしさが増していた。

結局ギルのお父様が視察から戻ってきて一週間ほどで、今度はお父様が視察に出かけることになった。ケアリーまで大急ぎで向かい、たった一日の滞在で帰ってくるという。

「魔力量が増えたから、本当は一〇日どころかもう少し大丈夫だとは思うのだが、大丈夫かどうかを、キングダムの結界を材料に実験するわけにもいかないのでなあ」

そう嘆くお父様だが、私も実験してみたらいいと思う。私は指を一つずつ反対の指で押さえて、できることを数えてみた。

「じっけん。ひとーちゅ。おひるにしゅる。きょぞく、でない」

「リア、お前……」

「ふたーちゅ。ほかのよんこうがしゅる。おとうしゃまのかわりに」

「……」

「みっちゅ。あしゃ、けっかいとめりゅ。ゆうがた、またちゅける」

このやり方なら手を握って数えなくてもいいから数えやすいのだ。二つが三つになることもない。親指を折ることができなくても大丈夫。私はうまく数えられたことに満足し、手から目を上げて胸を張った。

おや、皆が口を開けて私を見ている。ハンスまでどうした。

「なぜ、そんなことを思いつくのだ」

お父様が思わずといったように口に出した。なぜと言われても、むしろなぜ思いつかないのか。結界が切れそうな瞬間に急いで魔力を補充してもいいのだし。そもそも携帯用の結界箱は、最初から付けたり切ったりできるものなのだ。

「ちいしゃいけっかいばこ、かちってしゅる」

「確かに、商人やハンターは魔力がもったいないから必要ない時は消しているな」

お父様がなるほどと頷いた。私はもう少しヒントを出した。

「けっかい、なりたち、かんがえりゅ」

「成り立ち……。虚族を入れないようにするため、だな」

「あい。きょぞく、よるでりゅ。ひるは？」

「昼は、現れない、な」

お父様は呆然としている。

「結界を入れたり切ったりすると、それだけ事故が増えます。万が一にも何かの原因で結界のスイッチを入れ忘れたりしたらと考えると、ずーっとつけている今のキングダムの方式が安全だと言えます。安全だけは効率でははかれないものですからね」

「ルーク様もすげえな」

ハンスは兄さまの前にまず私のことをほめるべきでしょ。

「でも、それは後付けの理由です。おそらく大きい結界箱は一番最初に、付けたり切ったりという仕組みが作られなかったためにそのまま来た可能性がありますね。一度結界箱の歴史を調べてみましょうか」

兄さまが顎に手を当てて考えこんだ。

確かに、小さい結界箱は付けたり切ったりできる。では大きいものは？　私はトレントフォースの町の結界箱のことを思い出した。それに、ウェスターの領都ではどうだったか。トレントフォースでは非常時にだけ付けるものであったし、領都では、お休みの日だけ結界を張るという私の提案を受け入れそうな気配があった。

つまり、大きくても付けたり切ったりすることが前提なのが結界箱なのだ。

「うぇしゅたー、まちのけっかいばこ、つけたりきったりしゅる」

「そういえばそうですね。では、キングダムの大きな結界箱だけが特別なのでしょうか……」

皆でうーんと考え込んでしまった。

「キングダムの結界箱を管理するのは王家だから、王家の魔道具職人に話を聞いてみるか。まあ、

『極秘事項』だろうなあ」

「キングダムの民の安全が一番ですが、今までといろいろ変われば、私たちももう少し自由になるのですけどね」

「あい」

私はお父様と兄さまに神妙に頷いて見せた。途端に二人が噴き出した。

「ぷっ」

「ハハハ。リアはかわいいなあ」

深刻な話をしていたのではなかったのか、まったく。

「とりあえずは行ってくるよ。土産話を楽しみにしているといい」

「あい！」

「行ってらっしゃい、お父様」

そうしてお父様はケアリーに出かけてしまった。

「というわけで、いま、おうとにいるよんこうは、リスバーン、モールゼイだけだ」

お父様が出かけた後、ニコがそんなことを言った。

「レミントンもいるわよ」

「アンジェどのはいるが、フェリシアはいないではないか」

「でも姉さまがよんこうのしごとをしているわけではないもの」

「そうともいえる」

そうとも言えるというか、これはクリスが正しい。そしてクリスはちょっと不機嫌である。

「姉さまがお父様について行くなら、わたしも行きたかったわ」

クリスのお父様は、アンジェおばさまの代わりにイースター方面の外交を担っている。夫婦で四侯の仕事を分担している珍しい例だ。

ついこの間、珍しくアンジェおばさまが視察に行ったかと思ったら、今度はフェリシアである。私は護衛の方をちらりと見た。若い護衛隊員と目が合った。グレイセスが来ていない。

「隊長はフェリシア様に付いております」

「余計なことを言うな！」

私の聞きたいことを答えてくれた若い隊員は、年上の隊員に叱られていた。

「リーリア様も、護衛に話しかけられては困ります」

私も叱られてしまった。

「はなちかけてないもん」

「護衛に何か聞きたそうにするのも困ります。リーリア様のお相手をしている間に何かあったら対処できません」

「あい」

何かあってもどうせ護衛隊ごときでは対処できないではないかと言う嫌味は二歳児にはふさわしくないので、おとなしく頷いておく。ニコに付いている護衛もそうだが、人数が多いだけでいつも助けてくれるのはハンスなのだから。

「わたしもまた、しさつにいきたいものだ」

「ニコもリアもずるいわ。わたしだって行きたいもの」

「そうでしゅねえ。りあもいきたい」

私だって兄さまが出かけたら一緒に行きたいから、クリスの気持ちはよくわかる。

「姉さまがね、姉さまだってはじめておうとの外に出るのだから、行かせてねって言うの。クリスのとしのころには、やしきからだって出られなかったわ、おしろにだってつれて行ってもらえなかったのよって」

確かに私もクリスも特別だろうとは思う。

「でもいきたいでしゅ」

そうは言ってもこれが本音である。

「いきたいものだよな」

「そうよね！」

ニコもクリスも正直だ。周りがこの子どもたちは仕方がないという目で見ているような気がするが、だって行きたいものは行きたいのだ。

「おじうえもさいきん、またどこかにいってしまって、しろにいないのだ。つれていってくれてもいいのに」

それは警備の関係で難しいだろうとは思う。だけどそんなことは大人が言えばいいことだから、私は何も言わない。

「そういえば、あるでんか、みないでしゅ」

「ほんとうにいないのだ」

「姉さまもいないわ」

何ともやる気の出ない状況である。

こんな時は遊ぶに限る。なんとかオッズ先生を説得して勉強時間を減らせないものか。

「てんきもいいし、にわのいきものかんさつでもいいな」

ニコも同じことを考えていたようだ。

「でしゅよね」

「そうよね」

三人寄ればなんとやら。オッズ先生を説得するため、策略を練る私たちであった。


ニコの言う「よんこうのうちふたつしかおうとにいない」状況でも、マークは暢気に遊びにくる。いや、先生として、あるいは同級生としてやってくる。私は頭の中でどっちだろうと考えてみた。

「やっぱり、まーくはあしょびにきてましゅ」

そういう結論になった。ニコも心配そうにマークに尋ねている。

「マークがいてくれてうれしい。しかし、マークはおうとのそとでしごとをしなくてもいいのか」

「おいおい、忘れちゃ困るよ。私の仕事は、結界の魔石に魔力を注ぐこと。そして父の政務の手伝いをすること。モールゼイの政務とは、王都内の管理だろう。だから、王都の外には行く必要がないの」

まあ、本人がそう言うのならいいのだろう。

「まったく、他の四侯が急に忙しくなったからと言って、私がさぼっているみたいな言い方はやめてくれよ。人聞きの悪い。父上だって忙しいんだぜ」

私はニコと目を見合わせて、そっと横を向いた。本人がそう思っているのなら、遊んでいるわけではないのだろう。

「待って。ねえ、なんで幼児組に仕方がないなあと言う顔をされるのかな、私。ねえ」

フェリシアは視察だし、今日はクリスも来ていないので、お城の見学は私とニコとマークの三人しかいない。

私はちょっとため息をついて、ラグ竜のポシェットから飴を取り出した。口の中に入れるとほろりとほどける飴なので、大人がいるところでなら食べてもよいと許可をもらっている。それをマークに差し出した。

「あい」

「しょせん私は、飴で懐柔される程度の大人なんだよ」

マークは情けなさそうに天を仰いだ。ニコがすかさず手のひらを差し出した。

「いらないならわたしがもらう」

「いらないとは言っていないよ」

手を伸ばしたニコに取られないよう、急いで飴を口に放り込んだマークに大人の威厳はない。もちろん、私はニコの手のひらにも飴をのせた。

「リアはいつでもたべものをもっているな」

「そういえば結界の間に行った時もおやつを持ってきていたね」

おやつを持つようになったきっかけは、さらわれた時思うようにおいしいものが食べられなかったことだ。

「いじゃというとき」

「いじゃ？　ああ、いざという時、ってことかい」

「あい。たべもの、みじゅ、だいじ」

まじめに頷く私に、事情を察したハンスとナタリーが沈痛な顔をしている。それを見て取ったマークが、やっとああ、と気づいた顔をした。しかし、同時に何人かいる護衛の方にも目をやった。

「もうさらわれたりしないだろうに」

その護衛が役に立った試しがないと教えてあげようか。

「しゃらわれなくても、あなにおちたりちましゅ」

「ブフォ」

今沈痛な顔をしていたのは誰だったか。

「穴？　リアは本当にいろいろなことをしているねえ」

したくてしたわけではないことをわかってもらいたい。

「たしかに、たべものをもちあるくのもいいかもしれぬな」

「にこはおうじしゃまでしょ」

腕を組んでもっともらしく頷くニコに思わずそう返事をした。王子様が非常食を持ち歩くのは格好悪いと思う。

「リアだってこうしゃくれいじょうなのだぞ」

「こうしゃくれいじょう……」

それは食べられるものだろうか。言われたことに一瞬理解が追い付かなかった私は思わずぽかんと口を開けてしまった。こうしゃくれいじょうとはなんだ。あ、侯爵令嬢か！

「たちかに！」

今度は失礼なハンスだけでなく、全員が笑い転げている。いやいや、幼児は幼児、令嬢も何もないではないか。

「こうしゃくれいじょうがおやつをもちあるいていいなら、おうじがもちあるいてもいいだろう」

「うーん」

先ほどの論理で行くなら王子でも幼児は幼児だ。私は腕を組んで考えた。ニコが持ち歩いてもいいのだが、他に何か方法はないか。私ははっと思いついて腕をほどいた。

「にこ、ひみちゅきちでしゅ！」

「ひみつきち？　なんだそれは」

「ええと、ないしょのおうち」

私がしゃがみこむとニコもしゃがみこんだので、頭を突き合わせ、声を小さくしてニコにだけ聞こえるようにした。

「きのうえとか、ほんだなのかげとか。ちいしゃいおへやのようなもので……」

「なるほど？」

まだピンとこないようだ。確かに、いつもやっていることと何が違うかというと、そう。

「おとなにないしょだから、ひみつ」

「なるほど！　おもしろそうだな」

何となくわかってくれたようだ。

「しょこにおやちゅをかくちましゅ」

「よくいくところにおいておけば、もちあるかなくていいというわけだな」

「あい！　さしゅがにこ！」

相変わらず理解が早い王子様である。

「たべものは、ながもちしゅるもの。あめとか」

「よし！　あすのべんきょうは、オッズせんせいにたのんで、ながもちするたべもののリストをつくるじかんにしよう」

最近オッズ先生は自主的な活動に協力してくれるようになったので、大丈夫だろう。頼もしい味方である。

「どこにおくかもだいじでしゅ」

「それもリストだな」

ニコは割と計画的なのだ。

「では、まずよく行く温室に作らないか」

後ろからマークの声がして私たちは飛び上がるところだった。他の人がいることをすっかり忘れていた。周りを見渡すと、皆さっと目をそらして聞いていなかったような顔をしている。絶対聞いていただろうな。秘密でもなんでもなかった。

「マークはおとなではないか」

ニコが冷たいことを言っている。

「仲間外れはずるいだろ。それに、私を仲間にすると、食べ物が簡単に手に入るよ」

マークは大人だが、四侯の子どもなのだから子どもとも言えるか。私はニコを肘でつついた。

「なんだリア」

私は目と身振りで訴えた。王子であっても侯爵令嬢であっても、私たちにはお小遣いもない。ここはマークにスポンサーになってもらおうではないか。つまり大きなお財布だと思えばいいのだ。

「もしやおてあらいか」

「ちーがーいーまーしゅ」

「わかっている。ではマークもなかまか」

「くりしゅも」

ここにいなくてもクリスは仲間である。

こうして、マークのお城探検の授業の日は、秘密基地を探す日にもなった。

しかし、それは兄さまに盛大に文句を言われることになる。

文句を言われたのは主にお父様だが。

「そもそも私だってリアと楽しく遊びたいのに、週末と週一度の授業で我慢しているのですよ。しかも午前中はつまらない授業をちゃんと受けてからです。私は怒っています」

怒っているらしい。

「こんな時こそ、学院に四侯の特権を使ってください。マークの来る日は、私も行きます。四侯としての修業だと言えばいいではないですか。あながち間違ってもいないのだし」

そうお父様に主張している。秘密基地を探すのが四侯の修行だとは思えないが、四侯の交流を深めるという点では意味のあることかもしれない。

「授業の内容はもう卒業する分まで理解しています」

なんだって！　さすが兄さま。

「にいしゃま、しゅごい！」

「リア！」

安定の抱っこである。

「わかったわかった。だが、楽しく遊んでいると非難されないように、その、少しはまじめに、あー、勉強しているということをだな」

お父様がどう説明したものかと頭を悩ませている。

「わかっています。必要ならレポートも書きましょう」

兄さまがにやりと笑った。

「そ、そうか。次代の四侯は皆頼もしい、のか」

お父様を戸惑わせるくらい頼もしいのである、たぶん。遊び好きなわけではない。


秘密基地づくりは楽しかった。木の上の家は作れなかったが、温室の鉢を並べ替えてもらって、そこに箱に入れた飴や干した果物、長持ちするケーキや旅行用の硬いパンなどを隠しておく。大きな鉢植えで囲われているので、そこに座り込めば外からは見えないという仕組みだ。

私は魔道具も扱うオールバンスの娘らしく、家から持ってきた魔道具も一緒にしまう。

「リア、それはなんだい」

「けーたいようの、おゆをわかししゅやちゅ」

「ああ、コンロか」

「あい」

それと明かりの魔道具だ。

「それは本格的過ぎやしないか」

マークが笑うけれど、やるなら本格的にである。

「ひとばん、しゅごしゅことかんがえりゅ」

「ひとばんか。それならリアになによりひつようなものはベッドなのだが」

「ベッドをおいたらひみつでもなんでもなくなっちゃうわ」

小さい組三人で悩んでいると、

「とりあえず毛布でいいんじゃないですか」

と、ハンスからヒントが出る。ハンスは王都の外にもよく出ていたから、野営には詳しいのだ。

「承知した。ではスポンサーの私がいくつか持ってこよう」

「まーく、たしゅかる」

秘密基地とはいえ、大人がいるといろいろ役に立つ。

結局、秘密基地は二か所、図書室の奥の方と、温室に作ることになった。図書室の方は私とニコとクリスの三人用の部屋で、椅子に毛布を掛けてテントにしてあるだけの簡易なものだが、その中で本を読んだりゲームをしたりしてそれはそれで楽しい。

「リアはだいたいねているがな」

「おひるしゅぎにちゅかうからでしゅ」

自由時間になるまで使えないので、お昼の後、薄暗くて狭い場所に入ったらつい寝てしまうのだ。

しかし、私はもう一か所秘密基地を作ることを考えていた。これは残念ながら、クリスの入れるところではないので、クリスには内緒だ。

レミントンの視察と言うことで王都の外に出たフェリシアは、東部のお土産だと言って、食べたことのない黄色い果物を干したものや珍しいお菓子を持ってきてくれた。

「リアにはレースとかよりこれがいいと思って」

私のことをなかなかわかっているなと感心した。

ちなみにニコを始めとする男子組には、模様は違うけれど鞘に入った曲がったナイフがお土産だ。なぜ曲がっているのかさっぱりわからないが、男子たちは大喜びだった。曲がっていたら使いにくいのではないか。フェリシアは私とクリスにだけこっそり教えてくれた。

「お父様が、男子ならこれで間違いないって教えてくれたのよ」

そうしてお土産を渡すときだけは楽しそうだったし、視察で見聞きしてくれたことも面白おかしく話してくれた。それでも、何となく出かける前より思い悩んでいることが増えたように思う。

「姉さま、なんだかさいきんものすごくつかれているときがあるの」

クリスも心配そうだが、何を心配しているのかは、ある日温室の秘密基地に案内したときにわかった。

「まりょく、ない」

思わず私がつぶやいた言葉は、おそらくハンス以外誰にも聞こえていなかったとは思う。その日のフェリシアは、驚くほど魔力が少なかったのだ。身にまとう魔力がなければ、最初に会った頃のアリスターのように、あるいは私自身のように、気を失ってしまうこともあるくらいきついことなのに。

その日フェリシアは午前から城に来ていた。ということはアンジェおばさまの政務の手伝いだ。しかし政務の手伝いで魔力が減るとは思えない。

「けっかいの、ましぇき」

それに魔力を注いだとしか思えないのだ。しかし、基本的には四侯であっても、一八歳を超えないと、結界の魔石には触れたとしても全力を使うことはないはずなのだが。私は目を細めてフェリシアを見た。

フェリシアは一六歳のはずだ。

その日はクリスとフェリシアは早めに帰り、私はおとなしくお父様を待っていた。

「リア！」

「おとうしゃま！」

私はお父様に抱き上げられた。毎回これである。そしてそのままニコに手を振って竜車で帰るのだが、今日は他にやりたいことがある。

「おとうしゃま、よりみち、ちたい」

「寄り道？　なんのことだ」

お父様は抱っこしている私の顔をのぞき込んで、真剣な私の顔を見ると、優しかった表情を同じく真剣なものに変えた。

「けっかいのま、いきたいでしゅ」

「結界の間」

いつまでも帰らない私たちを、ニコが不思議そうな顔で見ている。

「それは今日、絶対に必要なことか」

「あい」

お父様の問いかけに私は深く頷いた。

なぜ単純に、今日のレミントンの様子をお父様に聞かないのか。それは、四侯はそれぞれ別の部屋で政務をとっていて、お互いの動向を知らないからである。

お父様は疲れたようにため息をつくと、竜車にナタリーを乗せて城の入口へ移動してそこで待っているよう指示を出した。

「ニコラス殿下、ちょっと用事があるので、リアを連れていったん城に戻ります」

お父様はニコにちゃんと説明すると、私を抱っこしたまま王子宮、つまりニコの住んでいるところから城へと戻った。ハンスだけを引き連れて。

「何がしりたい」

「ふぇりちあが、けっかいのまに、はいったかどうか」

「ふむ」

お父様はドアを開けて、廊下を歩いて、またドアを開けてというように入り組んだ道を迷わず歩いている。

「マークはもちろんだが、ギルも時々は結界の間に入っているぞ。ルークも、ごくたまにだが連れてくる。フェリシアが結界の間に入っても何もおかしくないと思うが」

「はいったあとの、ふぇりちあのようしゅ」

「それが気になるのか。では警備にあたるのが早いだろうな。まあ、聞くだけは聞いてみようか」

最後にもう一つドアを開けて、やっと結界の間に到着した。さすがのお父様も私が重かったらしく、やれやれというように私を廊下に下ろした。

警備の人たちが私たちを不審そうな目で見ている。しかし、お父様は四侯だし、私も四侯の瞳を持つものだ。

「リアに結界の間を見せてやろうと思ってな」

「そうですか。しかしこんな時間に」

「リアも殿下のお相手がなあ」

お父様は、殿下の相手が大変で、この時間しか私が来られなかったというような雰囲気を醸し出している。

私は心の中で警備の人に頭を下げた。実は警備の人たちは私のことをよく知っている。時々、ニコやマークと一緒にこの部屋を訪れているからだ。そう、実は第三の秘密基地が結界の間なのだ。

私はお父様にばれないように、警備の人に目配せをした。

「りあ、けっかいのいち、みたかった」

私のわがままだということにしておこう。

「四侯とその瞳を継ぐ者の出入りは自由です。どうぞ」

警備は素知らぬ顔で頷いてドアを開けてくれた。

「そうそう、今日は誰が魔力を注ぐ番だったか」

お父様がさも今思いついたかのように問いかけた。

「今日はレミントン侯です。親子でいらっしゃいました」

フェリシアも来たことを聞かずに教えてくれた。私はそれを聞いて初めてわかったという顔をしてさりげなくこう言った。

「ふぇりちあ、きょう、ちゅかれてた」

「そうですねえ。入るときは憂鬱そうで、帰るときはぐったりでしたね」

ペラペラしゃべってくれてありがたいが、どうもお城の護衛は揃いも揃って間抜けなような気がする。

「さ、リア」

「あい」

ハンスをドアの前に置いて、私たちは結界の間に入った。入ったからには魔石は見たいので、お父様に抱えて見せてもらう。

どれも魔石は濃い色をしている。魔力は十分に補充されているということだ。

「正直に言うと、誰が魔力を補充したかということまではわからないんだ。おそらくアンジェだろうとは思うが。リア、お前はつまりアンジェが、一六歳のフェリシアに魔力を注がせていると言いたいのか。それもめいっぱい」

「あい。きょう、ふぇりちあ、まりょく、なかったでしゅ」

「ふうむ。跡継ぎに魔力を注がせるのは違反ではない。いきなり成人したからやれと言うほうがむしろ無謀だ。しかし、なぜ無理をさせてまでそんなことをさせる。訓練なら途中で止めさせてもいいはずだ」

レミントンがいつもと違う不穏な動きをしているのは確かだ。しかし、それが何のためなのか、一つ一つの動きに関連性はないように思えてかえって怪しい。

しかしそういう複雑なことではなく、私はただ、友だちに元気でいてほしいだけなのだ。

結界の間では、結局疑問は深まるばかりであった。


しかし数日後、私はまた結界の間に来ていた。

「おや、リーリア様。こないだいらしたばかりなのに、またですか」

結界の間の扉の前の護衛も気軽に声をかけてくれる。

「リア、一人だけで来ていたのかい。それはちょっとずるくないか」

一緒に来ているマークがちょっと不満そうに口を尖らせた。子どもか。

「リア、おちちうえとしろにもどったひのことか」

「あい」

私はニコに頷き、マークの方を冷たい目で見た。私が一人でここに来られるわけないでしょ。

「そんな冷たい目で見ないでくれ。だってこないだ私が連れてきた時はあんなに叱られたんだからね。そんなほいほい来られたら立つ瀬がないじゃないか」

そういえば最初の時は叱られたので、それからはマークがちゃんと許可をとってきているのだ。

もっとも、さすがにめったに許可は下りないので、本当にたまにしか来られないのだが。

だいたい、今日は結界の間の見学に来ているのではない。秘密基地を整えるために来ているのだ。

そのために王家の護衛一人とハンスが、荷物を背負ってきてくれている。ほんとは護衛が荷物を持っていたらとっさには動けないから荷物を持たせては駄目なのだが、結界の間に余計な人を連れてこられなくてそうせざるを得なかったのだ。

私はマークを厳しい目で見上げた。

「まーくがにもちゅはこぶべき」

「ええ？　荷物なんて運んだことないよ」

「にこだって、もってりゅ」

私とニコもそれぞれ小さいリュックを背負って荷物を運んでいるというのに。

「その荷物を持ったリアを途中で抱っこして運んであげたんだから、実質荷物を運んだようなものだよね」

「ちがいましゅ」

なんだ、その謎理論は。でもお坊ちゃんのマークにこれ以上何を言っても仕方がないので、私はハンスに体を向けた。

「はんす、にもちゅを、まーくに」

ドアの前の護衛も中に入ってはいけないので、ここからは自分たちで持っていかなければならない。

「いいんですか。結構重いですぜ」

「そのくらい大丈夫さ。あれ」

案の定、ハンスから受け取った荷物を支えきれずに床に落としている。

「ああ、びしゅけっとが！　われりゅ！」

「リア、ビスケットより私を心配してくれるべきじゃないのか？」

マークは割れないがビスケットは割れるのである。

ハンスは落ちた荷物にちらりと目をやると、しゃがみこんで私と目を合わせた。

「では、リア様。くれぐれもお気をつけて」

「あい、はんす」

「私がいるのに何に気をつけろと言うんだい」

ハンスの目が『マーク様が暴走しないように気をつけてくださいよ』と語りかけてきたので、私は『わかってる』と頷いた。

「なんだろう、この失礼な主従は」

半笑いのマークの服の裾をニコが引っ張った。

「マーク、わたしのごえいからもにもつをうけとるのだ」

「はいはい、今度は覚悟ができているから大丈夫だよ。あれ」

「ああ、びしゅけっと！」

「だから私の心配をしようか」

結局、荷物は結界の間の入口付近に置き、マークが地面を引きずって運ぶ羽目になった。

荷物を引きずっているマークの後ろで、護衛が静かに扉を閉めてくれた。

「やれやれ、こんなに必要だろうか」

重いと文句を言うマークの言い分をさらりと無視しながら、実際どのくらい必要なのかと考えてみた。

温室はそもそもで遊ぶためのものだから、一晩お泊まりのようなことをしたとして、二食分とおやつがあれば足りる。雨も降らないし、夜を過ごせる明かりと毛布、それに皆で楽しめそうなお茶を沸かす携帯用のコンロなどが用意してある。

いつも勉強している図書室は、ちょっとしたおやつとランプが用意してあるだけだ。

でもここはどうか。そもそも結界の間に作ろうと言い出したのは私である。なぜかと言われると困るのだが、何かがあった時、最終的に立てこもるのはここのような気がするのだ。

ということは、一日ではなく、できれば数日は過ごせる環境が必要だ。

幸い、控えの間には水も寝るところもある。

私は荷物を控えの間まで引きずっていくようにマークに指示を出しながら答えた。

「よんこうのこども、ななにん、みっかぶん」

「そんなには必要ないだろう！　あと偉そうなんだけど、リアが」

二歳児は大きな荷物は運べないから仕方がない。

確かに、七人三日分は場所を取るし、一番大変なのは中身の入れ替えだ。保存食といっても、数カ月ももつわけがない。数週間おきに交換が必要になるから、量が多いと大変なのだ。まして、四侯以外は入れないこの部屋では、頼りはマークだけだ。

それを考えたら、妥協は必要だろう。

「じゃあ、ななにん、いちにちぶん」

「んー、まあ、それならなんとかなるか？」

控えの間のドアを私たちが支えている間に、マークが一生懸命荷物を二つ、移動させた。

「さ、帰るか、ってリア、ニコ、何してるの？」

「なかみ、かくにんでしゅ」

私とニコは、荷物をあけて、一つずつベッドに並べ始めた。

「ほちにく、よち。ほちたくだもの、よち。なぷきん、いる？」

「いる。そではほんらい、くちをふくためのものではないからな」

ニコのくせに、私に皮肉を言うとは。しかし正論なのでここは黙っておく。

「こちらはもうふ、みっつ。しょっき、これはおもいな」

「しょっきはあしょこに、ありゅ」

私は控えの間のお茶を入れる棚を指さした。

「ではしょっきはいらぬな。こちらはそのくらいだが、あかりとけいたいコンロはひつようではないか」

「こんろはこっちにありましゅ。あ、びしゅけっと、われてない！」

「それはよかったけど、ねえ、私、ここにいる必要あるかな」

振り向くと、マークがもう一つのベッドに座って退屈そうに足を組んでいた。

「なにをいう。マークがいなければどうしようもないのだぞ」

「まーく、だいじ」

私たちはマークに大きく頷いて見せた。

「え、そう？　それならまあ、やってもいいけど」

「うむ。ではざいこのかくにんをいっしょにやるのだ」

ニコがマークの膝をポンポンと叩いた。

「われらはここにはそうそうこれぬのでな。いれかえにはマークがひつようだ」

「あ、ちゅぎ、かたいぱん、ちゅいかで」

「結局、私は在庫管理と荷物運びじゃないか」

マークは肩を落としたが、本来はその準備が楽しいのである。

荷物をまとめ直すと、私たち三人は向き合って座った。持ってきた荷物には問題点があったので話し合いである。

「たべもの、もうふ、しゃんにんぶんちかない」

「コンロはあったが、おんしつによういしたようなあかりのどうぐがなかったな。それに、しょっきるいはここにあるので、ひつようがなかった」

マークはやれやれと言うように肩をすくめた。

「この部屋には明かりがあるんだけど、それでも明かりが必要なんだね」

「あい」

部屋の明かりを消した後、携帯用のほのかな明かりを灯すのが楽しいのだ。

「わくわくするではないか」

ニコも同じ考えだったようで、二人で顔を見合わせてニコッとした。

「いちゅか、ほんとに、ここにとまってもいい」

「おんしつのほうでもいいな」

せっかくの秘密基地だから、図書室の秘密基地のように、やっぱり使ってみたいと思う。

マークが初めて気がついたという顔をした。

「そうか、そうだね。私たちは遊ぶために頑張っているんだったね」

「あい！」

「たのしみだな」

いろいろやっているうちに、つい小さい子どもの面倒を見ているだけの気持ちになっていたのだろう。マークも四侯的には子ども組だというのに。

あきれながらも、実際ここに泊まるのは無理かもしれないと考えを巡らせた。でも、待って。よく考えたら秘密基地じゃなくても泊まれるのだ。実際ギルは泊まりに来るではないか。

「まーくのうち、いきたい」

「これはまた突然だな、リア」

マークは驚いたように目を見開き、それからクスッと笑った。

「もちろん、来てくれたら父上も母上も喜ぶだろうな。秘密基地、お泊まり、お泊まりならここじゃなくてもいい、友だちのうち、それならマーク、こんな感じにつながったのかな」

「しょのとおり！」

「マーク、わたしも！」

ニコも手を挙げた。

「殿下はちょっと難しいかなあ。でも順番に四侯全部の家に行くことにすれば、不公平じゃなくなるから行けるかもね。それより難しいのはフェリシアとクリスかも。家のこともだけど、女子だしね」

「じょし。りあも」

それなら私も参加できないことになる。

「リアは女子じゃなくて幼児」

「それはしつれいなものいいであろう。リアもじょしである」

やはり一番の紳士はニコである。だが、私は幼児なら参加できるというのであれば、あえて女子にはこだわらない。大事なのは実利である。

「まあ、考えすぎてもしょうがないね。いずれは泊まりも考えるとして、私たち七人分が一日過ごせる食料と明かり、そして追加の毛布四人分が必要ってわけだね」

「そうでしゅ」

「よろしくたのむ」

私とニコは、結界の間にはなかなか来られないので、大人であるマークにしっかりとお願いをするしかない。きちんと揃えてくれるかどうかは怪しいけれど、少なくともマークには大きなお財布がある。

「リア、失礼なことを考えていないか」

「ないでしゅ」

否定するのが早くて怪しかったかもしれない。

「ちゅぎ、はやくきたい」

「そうだな、またきたいな」

結界の間も、私たちには遊び場なのである。

第六章

渡されなかったプレゼント

フェリシアが疲れていることも気になったが、最近はもっと気になることができた。

あと少しでニコが四歳になると言うのだ。

「あとにかげつでよんさいである」

ニコが自慢げに胸を張る。誕生日が楽しみな気持ちもわかるのだが、三歳と言う貴重な時は二度と戻ってこない。もっと今の年齢を楽しんでほしいと思う。決して私と二歳差になるのが悔しいのではない。

「ニコはおたんじょう会はするの?」

クリスが大事なことを聞いてくれた。

「かぞくだけでやるそうだ。おうぞくがパーティをひらくと、おおごとになるからめんどうくさいとちちうえがいっていた」

「めんどうって、らんおじしゃま……」

「リア、べつにいいのだ。にさいのときも、さんさいのときもそうであったし、おじうえもかならずきてくれるからたのしいのだぞ」

ニコはアルバート殿下が好きだから嬉しいだろう。

「リアはまだ二さいだから知らないだろうけれど、せいだいなパーティをするのは一さいのときだけなのよ。あとはそれぞれのうちしだいね」

「クリスのところはパーティをするのではなかったか」

「するわよ。でも、みんなお母さまとお父さまに会いにくるだけだから」

誕生日のパーティは特に楽しくはないという冷静なクリスである。そういえば、私のお披露目の時ニコは、アンジェおばさまに誕生日以来と言ってはいなかったか。

「たんじょうかいはやらないが、よんこうはあいさつにきてくれるし、なにやらきぞくからプレゼントもたくさんとどくぞ」

「おとうしゃまも？」

娘としてこんなことを言うのは何だが、お父様が挨拶に行くとか想像できない。

「オールバンスこうは、その」

ニコが困ったような、何かをごまかすような顔をした。

「その？」

「きてくれたぞ。ただ、しばらくあとだった。すっかりわすれていたといっていたな」

「おとうしゃま……」

そこは忘れたではなく、仕事が忙しくてとか何とか言っておけばいいのに。

「ルークにせかされてきたらしい。オールバンスらしいとちちうえはわらっていたぞ。それに」

「それに？」

「おもえばリアがいなかったときであった。それどころではなかったのであろう」

確かに私がいなかった時期ではある。しかし、私がいたとしても、挨拶を忘れていたのではないかという疑惑がぬぐえない、残念なお父様なのだ。

しかし、その娘は礼儀を忘れないいい子なのである。私は腕を組んで考えた。

「うでが……くめている、だと……」

「くめている、と言えないこともないわね」

そうだろうそうだろう。だいたいは腕が組めていたのだが、この春私は完璧に進化したのだ。

進化した私は、ニコが離れた時を狙ってクリスに相談をした。

「くりしゅ」

「わかってるわ」

すかさず返事が返ってくる。

「さしゅが！」

数カ月の友だが、なかなか気が合うのである。

「しょれ！」

「ニコのおたんじょう会をわたしたちでするのよね」

当たりだ。同じことを考えていて嬉しい。

「といっても、べんきょうのあいまになるわねえ」

「りあは、おひるのあとはだめでしゅ」

「ねちゃったらいみがないものね。ということは、やっぱりオッズ先生にたのんで、あさからやりたいわよね」

クリスも腕を組んで考えている。

「おーい！」

「にこがよんでましゅ！」

私たちは慌てて相談をまとめた。

「姉さまにたのんで、おひるをいっしょに食べながらそうだんできないかしら」

「しょれがいい！」

三人しかいない中で、ニコに内緒は難しい。クリスとこっそり打ち合わせをしつつ、数日後に食事をとりながらフェリシアに相談することになった。

お父様なら、私が他の人と食事をとることを嫌がったと思うが、レミントンはそうでもないらしい。

その日も顔色の悪いフェリシアとクリスを招いて、お昼を一緒にとることになった。

お父様も一応社交的な会話はできるらしく、フェリシアを楽しませながら会話をしている様子に私はとても感心した。もっとも、私と仲良くしている人限定かもしれない。それでも、礼儀を損なわない程度に急いでご飯を食べると、フェリシアとクリスと三人で頭を寄せ合って相談だ。

「家族できちんとお祝いをするんだから、私たちは気持ちだけでいいと思うのよ」

フェリシアがそう言ったのは、私とクリスの負担にならないようにということだろうと思う。

「みんなが、これるひにしゅる」

「ルークとギルが先生でくる日ね」

「あら、私もお祝いの仲間に入っていいのかしら」

フェリシアの言葉に、私とクリスはあきれた目を向けた。どうやら、小さい子のお手伝いをするだけの予定だったらしい。

「みんなともだちでしゅ。ふぇりちあも、まーくも」

「姉さまったら。わかってないのね」

「まあ」

フェリシアは嬉しそうにくすくすと笑った。

「四侯みんなでお祝いをするのね。友だち、そうね、友だちなのね。素敵だわ」

年がちょっと離れているが友だちなのである。まずクリスがふんと胸を張って提案した。

「わたしかんがえたの。ニコもわたしたちも、ほしいものはなんでも持ってるでしょ。だから、なにかてづくりのものがいいかなって」

「しゅごくいい」

私はとても感心した。出会った頃はけっこうわがままな感じのお嬢様だったのに、こんなことも考えられるようになるとは。手作りと言えば、私にもできるものはある。

「りあ、おいもにしゅる」

「おいも？」

何のことかわからないという顔をするレミントンの姉妹の向こうで、なぜかお父様が慌て始めた。聞いていないような顔をしていたが、実際は話を聞いていたのだろう。

「リア、お芋は駄目だ。そもそも殿下がお芋が好きとはかぎらないだろう」

「きいてみましゅ」

「聞かなくていい。そう、そうだな、ナタリーに相談して、簡単に作れるお菓子などどうだ。リアと言えばおやつ、そう、お菓子しかないな」

おとうさまは勝手に決めて頷いている。

「父様だってまだリアのお芋を食べてないのに、殿下に先を越されてたまるか。私は菓子はたいして好きではないし」

それか。そういえば兄さまにお芋を作った時、お父様にもお誕生日に作ると約束したのだった。

まあ、私は手芸もできないし、まだお菓子の方ができそうな気がする。クッキーの型抜きとか。それはナタリーに相談してみよう。

「わたしはなににしようかなあ。ししゅうはにがてだし、絵でもいいかな」

「みんなでおめでとを、かいてもいい」

寄せ書きみたいにしてもいいのではないかと、私は説明した。

「みんなで?」

「みんなのきもち、いちまいでちゅたわりゅ」

「それもいいわね。私が紙を用意するわ。厚めの大きなものがいいわね」

フェリシアが紙を用意して、こっそり皆に回してくれることになった。

「書くのが苦手な小さい子から順番に書いていくといいわね。でも、そもそもリアはおめでとうを書けるのかしら」

「もちろんでしゅ」

手がうまく動かないから上手ではないが、書けるのは書けるのだ。

「えもかけましゅよ。らぐりゅうとか」

「そ、そうなの。でも、とりあえず字だけでいいわね」

遠慮しなくていいのに。

そういうわけで、各自がプレゼントを用意してばれないようにオッズ先生に預けておく、寄せ書きはフェリシアがこっそり皆に回す、当日はプレゼントを渡して、皆で楽しくお茶会をすることで話が落ち着いた。オッズ先生の説得は私とクリスがすることになった。

大きい人がいると本当に楽である。さて、午後の授業だ。

「どうせリアはねちゃうのに」

「ちかたがないでしょ」

私たちが不毛な話をしている後ろで、お父様の声がした。

「フェリシア」

「はい。ディーンおじさま」

お父様がフェリシアに個人的に話しかけるのは珍しい。

「いいか。何か、そう。何か困ったことがあったら、いつでもオールバンスを頼るがよい。リアとルークにだけでなく、私にもだ」

「おじさま？」

「小さいことでもいいから。抱え込むな」

フェリシアは、少し目を見開くと何か言いかけて、でも何も言わず、ただ頷いて頭を下げた。

お父様、かっこいい。

うちのお父様だけでなく、ギルのお父様もレミントンのことは気にかけているようだったが、とにかく二人とも忙しかった。

「またおでかけでしゅか」

「ああ、行きたくないのだが」

そう言って私をぎゅっと抱きしめるお父様は、またケアリーに向かうのだという。

「ヒューバート殿は、お元気そうだったぞ。例の狩人たちは元気にやっているとリアに伝えてくれと言ってた。ちゃんと狩人としても活動しているからとな」

「ありしゅた」

「そんな名前だったかもしれんな」

お父様も兄さまも、私がウェスターにいたことがそもそも嫌なようで、ウェスターに関連したことがらについてはあまり話したくないという雰囲気を醸し出す。

お父様は前回はヒューバート殿下の名前もうろ覚えで、アリスターのことなどすっかり忘れていたかもしれないが、私がちゃんと思い出させたはずだ。

しかも、私は幼児だから、空気など読まない。

「ありしゅたー、ばーと、みりゅ、きゃろ、くらいど」

何度だってお父様に名前を教えるのだ。

「ああ、ああ、そんな名前だったかな。王都に屋敷を与えられて、リスバーンは城に勉強に行き、残りはハンター以外の仕事をするのが通常。時折五人で、ユーリアス山脈のふもとに狩りにいくそうだ」

「がんばってりゅ」

私はうむと頷いた。お父様、本当は詳しく話を聞いてきているのだ。出し惜しみせずにきちんと話せばいいのに。しかし、さすがにお付き合いする人ができたかまでは聞いていないだろう。今度会った時の楽しみにするのだ。

「このようなことをリアに話すのもどうかとは思うが、ウェスターの領都の結界箱も、ユーリアス山脈のふもとで時々起動実験をしているそうだぞ」

「ウェスターも少しは頭を使うようになったのですね」

「にいしゃま……」

厳しすぎる。私がウェスターの領都にたどり着くまでに兄さまたちに何があったのか気になるが、そういう話はあまりしてくれないのだ。ただ、確かに、ヒュー以外のウェスターの王族は若干緩い感じではあった。

「その時に、どうやら実験を監視している集団がいるらしいという話も聞いてきてな。いや、リアに話しても仕方のないことではある」

お父様は首を横に振った。しかし兄さまはお父様にも厳しかった。

「お父様、私はリアにも聞かせたほうがいいと何度も言っています」

「しかしな」

「お父様」

兄さまの厳しい声に、お父様はため息をついた。

「どうしても監視している者の身元はつかめないらしい。しかし、イースターの可能性があると、ヒューバート殿下は言っていたな」

「いーしゅたー」

あの第三王子のいるところだ。そしてレミントンが外交を担うところ。だけど、私の周りではほとんど話を聞かない場所でもある。兄さまも納得できないという顔をしている。

「しかし、キングダム全体ならともかく、小さい町一つ覆うくらいの結界箱は、イースターにだってあるでしょう。なにもウェスターにまで見学に行かなくても、自分の国で起動実験をすればいいことではないですか。現にオールバンスにもいくつかありますし」

「おうちに？」

「ええ、もう少し大きくなったら見せてもらいましょうね」

オールバンスは魔道具も扱っているので、いろいろな魔道具や魔石もあるのだという。そういう物がたくさん置いてある部屋があるということなので、私はわくわくした。

「領都を覆う程度の結界であれば、夜だけ使うことにすれば、一〇回ほどはもちそうだということだ。それを、リアが提案したとおりに週末に限定すれば、魔石にする魔力を入れるのは二か月に一度ほどでいいということになる。ルークの魔力なら一人で一回で済む。もっともウェスターの王族にそこまでの魔力はないがな」

「ということは、アリスターが私の半分程度の魔力を充填できるにしても、成人したらアリスター一人がいれば十分管理できるということになります。しかも一か月に一度くらいの割合でいい。今ならぎりぎり王族だけでもいける感じですね」

私がウェスターでちょっと提案した、週末の夜だけやるということが現実味を帯びてきたようだ。

「そのため予備の魔道具箱の買い付けや、魔石の仕入れ、将来的に人口増なども考えられるから、建築資材をどうするのかなど、今ウェスターではなかなか面白いことにはなっているんだ。特に魔石は一度キングダムに集まるから、そこから魔道具用にウェスターに売られるという仕組みでな。だが、この結界箱の魔石については利益を度外視して提供できないかということになっているんだ」

「どうちて?」

お父様は肩をすくめた。さては説明するのが面倒になったな。

「お父様、面倒がってはいけません。リア、辺境の一番の不満はなんですか」

「けっかい、ないこと。あ」

「そうです。リアは賢いですね」

このくらい自分で考えられなかったとは不覚である。

「ウェスターが自分で結界を作ろうとしているのに、そのために結果的にキングダムばかり利益を得ては、反発が大きいでしょうからね。せめて、結界箱に関してはキングダムも協力的であると示さなければならないのです」

兄さまの方がよほど賢いと思う。

お父様は、その魔石の供給の調整で直接行かなければならないらしい。

「しょれで、いしょがちいの」

「それもある。こうなってはリアのおかげでウェスターとの交流が盛んになったとも言えるな」

いろいろ私のおかげなのである。私はふんと胸を張った。

「昨今、なかなか大きい魔石も手に入りにくくなっているからな。もちろん、イースターやファーランドでも需要はあるし」

私はそっとポシェットのラグ竜を触った。中には大きな魔石が入っている。確か、ミルたちも持っていたはずだ。

「おおきいましぇき、ふだん、かり、ちないところにいりゅ」

これは山脈のない、草原で狩りをした時のものだ。

「リアのその魔石ですか。確かに大きそうでしたもんね」

兄さまはラグ竜のポシェットが第三王子のすねに当たったところを思い出したのか、ちょっと痛そうな顔をした。

「魔石が入っているのは知っていたが、そんなにか。どれ、貸してごらん」

お父様にラグ竜を渡すと、お父様はそれをぎゅっと握って揉んだ。

「ああ！　たいしぇちゅに！」

「すまん。しかし、これは大きいし重いな。本来ならキングダムに納めるレベルだが……まあ、知らなかったことにしておこう」

「あい！」

知らなかったことにするのはオールバンスが得意とするところである。

そうして、四侯それぞれが忙しく過ごしている中で、私たちの寄せ書きは完成した。

「りあのじ、いちばんおおきい」

「次がわたしね」

小さい字は書けないので、真ん中にどーんと私のおめでとうが入っている。私が書いた時は、シンプルな白い紙だったが、いつの間にやらきれいな縁取りが描かれ、それぞれのおめでとうと署名がまるで絵画のように配置されている。

美しいのは兄さまの字、角ばっていて力強いのはギルの字、流れるような、ちょっと適当なのはマークの字だ。フェリシアのは印刷された字のように読みやすい。

その紙を丸めてリボンで結ぶ。

「あとはおやちゅでしゅ」

「わたしはなん日かまえにケーキをやくのよ。そのほうがおいしいんですって」

「りあはかしゅてら。おさとうをぱらぱらしゅる」

もちろん、ただいま練習中であり、オールバンスの最近のおやつはカステラばかりだ。ラグ竜やなにかの絵を切り抜いて、その上から白いお砂糖を振るのだ。私はふと思いついた。

「とかげのほうがいい？」

「お花とかがいいとおもうわ」

もっともである。マークは手作りではなく、町のお菓子屋さんから何かを買ってくるというし、ギルはお母様のジュリアおばさまが何かを用意しているらしかった。

ニコは何かがあると気づいてそわそわしていたようだったが、当日まで何とか聞かずに我慢していた。

そしてお誕生会当日になった。

フェリシアに「リアが渡してね」と預けられた寄せ書きを持って、私は兄さまと一緒に城に向かった。本当はニコのお誕生日は数日後なのだけれど、皆で集まれるのがこの日しかなかったのだ。

おやつは兄さまがかごに入れて抱えてくれている。オッズ先生もこの日ばかりは許可をくれた。

「にこ！」

「リア！　ルーク！」

私たちが一番乗りだ。それから、ギルが来て、マークが来る。

私の持ってきた寄せ書きを、ニコが気にしてちらちらと見るのだが、これぱかりは皆が揃うまで待ってもらわなければならない。

しかし、結局この日、クリスもフェリシアも姿を見せることはなかったし、来ないという伝言すらなかった。

見切りをつけて途中から始めた誕生会はなんとなく気の抜けたものになったが、それでもニコはとても喜んでくれた。クリスの焼いたケーキはどんなだったか考えながら、兄さまと一緒に家路につくと、そう間を置かずお父様も帰って来た。

「おとうしゃま！」

「リア、ルーク」

お父様は私たちを両手に抱きしめた。

「きょうね、あのね」

「リア。ルーク。よく聞いてくれ」

お父様は私をさえぎった。私の話をさえぎるなんて、そんなことしたことがないのに。私はいやな予感がした。

お父様は抱きしめた手を緩めると、私と兄さまを交互に見、静かにこう言った。

「レミントンが、イースターに出ていった」

「いーしゅたーに」

思わず繰り返した私だが、イースターが何のことかその時はピンと来てはいなかった。だってお父様は、まるでレミントンが何かからはみ出してしまったというような言い方をしたからだ。

「まさか。四侯はキングダムから出てはならぬはずです」

兄さまがありえないというように首を横に振った。そうか、キングダムから出てしまったということか。そこですとんとイースターの意味が頭に入ってきた。

レミントンが、イースターに出ていった。

え？　クリスは？　フェリシアは？

「レミントンの屋敷も使用人もそのままに、レミントンの家族だけがイースターに出奔した。おそらく計画的なものと思われる」

「なんということを！　レミントンは四侯の義務をなんと考えているのです！　キングダムの民のことを何とも思わぬのですか！」

兄さまが悲痛な声を上げた。

私は正直に言って、四侯の義務などどうでもよかった。気になるのは二人の友だちのことだけだ。

「くりしゅは？　ふぇりちあは？　いつもどりゅ？」

お父様は首を横に振った。わからないということか、それとももう戻らないということなのか。

「リア、それは」

「今まではレミントンがフェリシアを連れて国境近くに行っても、クリスを残しているからそれほど重大なこととはとらえられていなかった。むしろ、私もスタンも最近よく王都を離れるので、レミントンの行動も当たり前のように思われていたところがある。それでも、護衛隊はレミントンを怪しんで監視を強めていたらしい」

「ぐれいしぇす」

そうだ。最近、グレイセスの姿を見なかったような気がする。四侯の子どもが集まる日は必ずと言っていいほど私たちのところに来ていたグレイセスが、最近は来ていなかった。

「そうだ。あいつはあれで、王都外を担当する特殊部隊の隊長であり、私が認めるくらいには優秀だ。今回、出奔したと知らせてきたのもグレイセスだ」

「しかし、国境は容易には越えられぬはずです。ましてや護衛隊が付いていながらなぜ……」

兄さまがそう指摘したのは、私が誘拐されたときお父様が国境際で阻止されたことを念頭に置いているのだろうと思う。

しかしお父様は、それにも首を横に振った。

「国境際に線が引かれているわけでもなく、柵があるわけでもない。あるのは四侯の心の中の理性だけなんだよ」

どんなに息苦しいと思っても、自分たちがキングダムの民のために結界を維持していると思えば、国境を越えることなどできないのだとお父様は続けた。

「しかし、逆に言えば、結界の維持さえできれば国境の外に出てもいいのではないかと私は思っている。結界を維持するためにきちんと戻ってくるのならな」

いずれはそういう未来が来るのかもしれない。でも今は違う。

「レミントンはどのように国境を出たのかわかっているのですか」

兄さまが状況を聞きたがった。

「グレイセスによると、国境沿いを散策していたところをラグ竜の群れに巻き込まれ、いつの間にかレミントンに国境を越えられていたらしい。国境の向こう側にはご丁寧にお迎えが待っていて、そのままイースター方面に移動してしまったということだ。つまり、自分の意思で、計画的に出て行ったとみるべきだな」

怪しい動きはしていた。しかし、まさかキングダムを出ていくとは思わなかった。

権力と富が集中する四侯は、傍目にはうらやましく見えるだろう。しかし、お父様を見ているとわかる。実際は、ゆっくり休暇を取ることもなく、日々城に通い、結界に魔力を充填する、忙しいサラリーマンのような毎日だ。

旅行にもいけないため、貴族なのに別荘すらないのだから。

それでも、結界を維持するために、四侯一つ一つがきちんと努力するものだと思っていた。

「実はアルバート殿下も魔力量は多い。王家には今、ニコ殿下を除いても三人、魔石を充填できる人がいる。当面は結界を維持するのに何の問題もない。しかしな」

レミントンが戻ってこなければ、四侯ではなく、三侯になって、体制を作り直す必要がある。また、勝手なことをしたレミントンの始末をどうつけるか。イースターとの国交はどうなるのか。

「余計な仕事を増やしてくれた」

お父様の言い方は苦々しかったけれど、まるで部下がほんのちょっとミスをしたみたいな感じだった。

「お父様はなぜ怒らないのですか」

兄さまの方が腹を立てているようだ。

「怒る、か。あきれてはいるし、全くその気配に気づかなかった自分に腹を立ててはいるよ。だが、もう起きてしまったことに怒っても仕方がないだろう。怒ったとしても、レミントンをどうにかできるわけではない」

確かにそれはその通りなのだが、納得はしがたい。しかしお父様は肩をすくめた。

「私にとっては、キングダムもその民も、ましてやレミントンもたいして意味がない。意味があるのはルーク、リア、お前たちだけだ」

「お父様」

「おとうしゃま……」

これは喜びよりあきれの方が大きい。

「それに、レミントンがイースターで本当に幸せかどうかもわからぬのだぞ。キングダムの王都は、何でも揃った華やかな場所だ。その華やかさを最も享受してきたのがレミントン、いや、アンジェだろう。イースターの田舎でどれだけ満足できるか」

私なら田舎でも大歓迎なのだが。

「まずはレミントンもだが、イースターがどういう意図をもってそれを後押ししたのかがわからなくては対策を立てようもない。リア、ルーク、しばらくはお前たちにも余計に護衛隊が付くことになるが、少しの間我慢してほしい。特にリアは」

「あい」

もうさらわれたりしないと思っていたが、この状況では何が起こるかわからないので、素直に聞き入れる。

「くりしゅ」

もう会えないのだろうか。

「リア、考えすぎるな。少なくとも、レミントンの家族は共にあるのだから。てっきり」

お父様はそこで言葉を止めた。でも、私にはわかる。「クリスは置いていくだろうと思っていたが」と続けるところだったのだろう。

クリスも後継ぎになれるほどではないけれど、魔力の量は多い。それを知ってのことか、それとも他に理由があるのか。おそらくだが。

「ふぇりちあが、ゆるしゃなかった」

「そうだろうな……。恋を貫き通したアンジェなら、人を愛する大切さを知っているだろうと思っていたよ……」

恋を貫き通したとしても、それは自分しか愛せないからという場合もあるのだ。お父様も、そろそろアンジェおばさまに夢を見るのは止めたほうがいい。

「とりあえず、リアは城にいるほうが安全だし、ルークも人の多い学院にいたほうがいい。二人はこれまで通りの生活を続けてくれ」

「はい」

「あい」

「父様はちょっと忙しくなるな……」

ため息をついたお父様だったが、ちょっとで済めばいいのだけれど。

《了》

特別収録

事前の準備が大切です
《ナタリー》

オールバンスの庭に、春風が吹いています。

私がここに来たのは去年の秋の終わり。そう考えるとほんの数カ月しかたっていないというのに、ずいぶんたくさんの経験をしたような気がします。

今でも忘れません。

きちんと手入れされており、ところどころに緑が残りつつも、茶色く枯れはてた庭に一人立つリーリア様を。その背中は幼いながらに全てを悟り、そして全てを拒否しているようで話しかけることさえできませんでした。

誘拐され、家族のご尽力のもと、やっと辺境から取り戻した愛娘とうかがっておりました。誘拐したのはお付きのメイドであり、そのメイドがふわりと明るい金髪青目の少女だったことから、似ても似つかぬ容姿の私が選ばれたのだとも。

確かに私のまっすぐな黒髪は対照的でしょう。それに少女と呼ばれる年はとうに過ぎ、悲しいことに夫も早くに亡くした私は、ふわりと明るいということもありません。

レミントンの下のお嬢様に振り回される仕事も特に嫌ではありませんでしたが、同じ四侯の屋敷で、しかもお給料もよいとなれば、容姿で選ばれたとしても否やはありませんでした。

やんちゃな幼い子を見守るのは慣れています。誘拐の経緯から、ただただ、側に付き添うメイドというものに、恐怖を抱いていなければいいなと思うばかりでした。

しかし、最初の出会いは衝撃でした。

「なたりー。よろちくおねがいちましゅ」

たどたどしいながらもメイドの名前をきちんと呼び、挨拶するリーリア様に驚いてまともに返事ができなかったのを覚えています。

レミントンのクリス様は、数年間お付きのメイドの一人だった私の名前を憶えてすらいませんでしたし、覚えようという気もありませんでした。それはクリス様だけでなく、レミントンの方全てがそうなので、貴族とはそういうものだと思っていたのです。

「なたりー」

「はんす」

リーリア様は用事や話があるときは必ず私たちの名前を呼びます。しかし、最初はそれも遠慮がちで、何か言いたいことはあるが言えずにうつむくということがよくありました。

事情が事情とはいえ、屋敷の者もリーリア様には腫れものに触るかのような扱いで、リーリア様はお忙しいご当主やルーク様が戻ってくるのだけが楽しみというご様子でした。

泣きもせず、はしゃぎもしない。朝お世話に来ると、ご自分で着替えまで済ませていることさえあります。

戸惑いはありましたが、並外れてお利口なお子様なのだろうと、余計な手出しはためにならないのだろうと一歩控えて見守っておりました。

情けないことに、まさかリーリア様が寂しい思いを抱え、我慢しているなど思いもしなかったのです。

「なたりー、おしょといく」

が、

「一緒に楽しく遊んでほしい」

だと気づけなかった私を誰か叱ってほしい。

「ナタリーは駄目だな」

今ハンスの声がしたような気がしましたが、同じようにリーリア様の寂しさに気がつけなかった護衛になど叱られたくはありません。

いいえ、ハンスなどどうでもいいのです。

おとなしいのが当たり前だと思っていた私とは違い、ご当主もルーク様も、リーリア様の元気がないと心配し、お屋敷の外で王子殿下のお相手をさせるということになりました。

ニコラス殿下が癇癪もちだというのはレミントンにまで聞こえてきておりました。おとなしくてかわいらしいリーリア様がそれに耐えられるかと思うと、心配でたまりませんでしたが、私もハンスもお付きとして付いていってよいことになり、ほっとしたことを覚えています。

もっとも、リーリア様だけでなく、ご当主と一緒に竜車に乗ることになり大変緊張しました。

しかし、初日、私たちは信じられないものを見ることになるのです。

厳しい先生をものともせず、気難しいニコラス殿下を楽しませ、腹ばいになってお絵かきをするリーリア様は、お屋敷で過ごすリーリア様とはまるで別人で驚きを隠せませんでした。

その驚きのせいでしょうか。ニコラス殿下をかばい、代わりに小枝で叩かれたとき、とっさに動くことができなかったのは今でも苦い思い出です。

護衛のハンスは珍しくもっと反省していました。それはそうでしょう。リーリア様の体を守るのが護衛の仕事なのですから。

では私は？

リーリア様の専属のメイドですのに、体どころか、心も守れないなんて、いったい何をやっていたのでしょう。

大人びた態度でニコラス殿下を守るリーリア様、子どもらしく紙からはみ出るほど大きくてへたくそな絵を描くリーリア様、どちらも初めて見た姿でした。そういえばお屋敷には、ルーク様がいたはずなのに子どもらしく遊ぶものさえ見当たりません。

何も不満を言わないから、おとなしいからとリーリア様に任せきりで、何もしてこなかったのは私でした。

帰りはもう、一緒に乗ったご当主のことは気になりませんでした。楽しかったと足をぶらぶらするリーリア様を新たな目で見ると、お屋敷にいる時よりいきいきとして楽しそうで、ご当主様ではありませんが、お城に行くことになって本当によかったと思うのでした。

でも、オッズ先生に叩かれたところが気になります。私はリーリア様の手をそっと取ります。

ニコラス殿下を守ったその手は柔らかくて小さくて、そして温かかった。

「叩かれたところは、痛くはありませんか」

という私の言葉に、たいしたことないという顔をするリーリア様は、しっかりしているけどまだほんの小さいお子様なのです。

私が守らなくては。

そう思った日でした。


とはいえ、相変わらず手のかからないお子です、リーリア様は。私がその状況に甘えていると、本当に何もしなくても一日が回ってしまうのです。

ですから私は、リーリア様に、

「なたりー」

と呼ばれた時にすぐ動けるように、リーリア様のやりたいことの手助けをすることを決意したのです。


「なたりー」

「はい、おやつはここにご用意がございます」

「なたりー」

「はい、お絵かきの道具はこちらに」

こんな具合に、いつでもリア様のやりたいことがすぐできるように用意しておくのです。でも、こんなものではとても追いつきません。

ニコラス殿下の癇癪を直すため、私にはわからない何かをなさって倒れてしまうなど、予想だにできませんでした。

思わず悲鳴を上げた私に言った言葉が、

「なたりー、にゃい」

ですもの。メイドたるものいつも冷静に、と言われますが、大切なリーリア様がそんな目に遭って冷静でいられるでしょうか。

とはいえ、リーリア様の性格上、これからも絶対にある気がします。

いざというときに、自分だけで何とかしようとせず、他のところにも助けを求める、これがこの時学んだことでした。


とはいえ、二歳にして、ニコラス殿下の付き添いで旅行に行くなど、誰が想像できるでしょう。用意すべきものも普段の生活とは大きく変わってきます。

「なたりー」

「はい、石を入れる袋はこれでございます」

「なたりー」

「タオルとお着換えはこちらに」

どうせ湖の側に行ったら石を拾って水遊びで濡れるに決まっています。旅の前半、私の準備は万全でした。

でも、リーリア様からこう言われるとは思いませんでした。

「なたりー、おりゅすばん」

「リーリアさま、私もまいります。寒い中、温かいお飲み物をお出しできますよ」

「なたりー……」

あ、リーリア様がちょっと迷っています。しかし、食欲より私への心配が勝ったようです。

「あぶないから、おりゅすばん」

危ないのなら、リーリア様こそ行ってはいけません。私はそう言いたかったのに、今度はハンスが止めたのです。

「ナタリー、俺が付いていくから。それにいざという時、リア様が気にかける奴が多いと俺が困るんだよ」

「ハンス、でも」

「リア様があの島にわざわざ行くのは、ニコラス殿下を守るためだ。ナタリーが一緒に来たら、リア様はナタリーも守らなければと思ってしまう。そういうお方だろう」

私はうつむいてしまいました。確かにリーリア様はあんなにお小さいのに、周りのことをよく見ていらっしゃいます。

「一晩中寒い中、島にとどまるんだ。帰ってきたら思いっきり面倒見てやれよ」

「ええ、言われるまでもありません」

私は顔をあげて、帰ってきてからどうするかに頭を向けました。

案の定、危険なことをしてきて、お疲れでしたもの。


いざ北の領地にたどり着いても、ソファの下で寝てしまったりは当たり前でした。もちろんそうなることを見越してリーリア様の潜り込みそうなところは一通り掃除はしていましたとも。

でもまさか、穴に落ちて行方不明になるなんて。

戻ってくることを心配はしませんでした。リーリア様と不思議なつながりのあるルーク様がいらっしゃるのですから。私のように魔力の少ない者にはほとんどわかりませんが、待機している屋敷にまで、ルーク様とリーリア様の優しい気配が届いておりましたもの。

帰ってきたら、けがの治療とお風呂、それに温かい飲み物と軽食。食いしん坊のリーリア様には、軽食は欠かせません。

土だらけになりながらも無事に帰ってきてくれた時は本当にほっとしました。

何をするか事前に考え、準備するのは本当に大変です。でも、

「なたりー」

と呼ばれて、ナタリーならわかっているよねと信頼されるのはとても気持ちのいいものなのです。

王都に帰っても、いっそうリーリア様に尽くそうと思うのでした。


でもこれはちょっと難しいと言わざるをえません。

「なたりー、あい」

春風が吹くオールバンスの庭で、リーリア様に手渡されたのはバッタでした。

子どもは虫好きです。リーリア様がそれは上手に虫を捕まえるのは存じておりました。ですから昆虫の生態もばっちり調べております。例えばほら、

「このバッタは羽が短いから、幼生でしょうか」

「ほんとだ！　はねがはんぶんちかない！」

なんて賢いのでしょう、リーリア様は。喜んで次の虫取りに向かうリーリア様を見守り、バッタをそっと地面に置く私を、同僚のメイドたちが気の毒そうに見ていますが、このくらい大したことありません。

私の予想では、この後は追加のバッタかトカゲが来るはずです。

「なたりー」

ほら、予想通り、トカゲです。でもあまり見たことのないきれいな色のトカゲです。

リーリア様と感動を共有できることはとても楽しいことです。

でも、もう一度言います。これはちょっと……。

「キャー！」

思わず放り出してしまったのはダンゴムシです。

バッタは足が六本ですから大丈夫ですが、ダンゴムシは、あのかわいい姿の下にたくさんの足を隠しているのです。

なぜリーリア様はそんなに目をキラキラさせているのですか。

「みみじゅは？」

駄目に決まっています。

「くもは？」

足が八本あるではありませんか。

ですが、リーリア様のためなら克服せねばなりません。

何事にも事前準備が大切なのですから。

しゃがみこんで虫を探すリーリア様の背中にはもう寂しさはありません。

「なたりー」

でもクモとミミズは、もう少し私の心の準備ができてからにしてくださいませ。

「はりゅ、いい」

「春はいいですねえ、本当に」

これからもきっといろいろなことが起こるでしょう。でも私は、リーリア様にずっと付いていきますよ。

《特別収録・事前の準備が大切です／了》

あとがき

『転生幼女』も五巻になりました。四巻から引き続きの読者の皆様、お久しぶりです。そしてウェブ連載から来てくださった方、作者の他作からの方もありがとうございます。カヤと申します。

さて、ここから少々ネタバレがありますので、気になる方は本文からお願いします。

今回、リアたちが地面の隙間に開いた穴から落ちてしまうというシーンがあります。

これは実体験から出たお話です。

忘れもしません、落ちたのは私の甥っ子でした。

まだ小学校も低学年の頃、皆で川に遊びに行った時、一瞬目を離したすきに数歩ほど先にいた甥っ子は忽然と消えていました。その間数秒もなかったと思います。慌てて移動すると草の生えた足元に亀裂があり、呆然とした顔の甥っ子がすぽっとはまっていました。

幸い亀裂は浅いもので、甥っ子の運動神経もよかったせいか怪我もなく引き上げられましたが、肝を冷やすとともに自然の中で目を離す危険性を痛感しました。

また、その後、ほっそりとした職場の上司が電車とホームの隙間に落ちて怪我をした経験を聞かされ、稀な出来事ではないと思ったものです。

　はさみをコンセントにいきなり差し込もうとするなど、思い出すと背筋の寒くなる子どもにまつわるエピソードはたくさんあります。その警戒を本作で一手に担っているのがハンスなのですが、リアとニコ王子がそろってしまうと気が休まらないかもしれませんね。

　キングダムもだいぶ不穏な雰囲気になってきましたが、リアを中心に仲良くなってきた四侯の子どもたちが（若干大きい人もいますが）どうなっていくか、楽しみに読んでいただけると嬉しいです。

　最後に謝辞を。

「小説家になろう」の読者の皆様。テレワークになり家族にお昼ご飯を作ったりしていますという家族思いで楽しい編集様に一二三書房の皆様。リアだけでなく、他の登場人物を書いてもらうのもとても楽しみにしているイラストレーターの藻様。そしてこの本を手に取ってくれた皆さま、本当にありがとうございました。

カヤ

Ayakawa Rarara
綾河ららら
Illustration ネコメガネ
will sama ha kyou mo mahou de asondeimasu.
ウィル様は今日も魔法で遊んでいます。
1〜4巻好評発売中!!
かわいさ&魔法の才
無限大∞
第7回ネット小説大賞期間中受賞作
どんな魔法も再現可能!?
このお子様、凄すぎます!!!!
魔法に愛された無邪気な少年が巻き起こすほのぼのファンタジー!
©Rarara Ayakawa

異世界領地改革
～土魔法で始める公共事業～
HOTEI SABUROU
布袋三郎
イラスト イシバシヨウスケ
1～2巻好評発売中!!
転生した世界で授かったのは
累計
10000000
PV!
土魔法と無限の魔力
公共事業で
みんなを笑顔に!
©Saburou Hotei

スカーレッドG
Illust いの
ルイ16世に転生してしまった俺はフランス革命を全力で阻止してアントワネットと末永くお幸せに暮らしたい
俺はアントワネットを絶対に守る!!
第8回ネット小説大賞 受賞作品
©G Scarred

バートレット英雄譚
スローライフしたいのにできない弱小貴族奮闘記
1
上谷 岩清
Illustrator 桧野ひなこ
用無しとなった少年たちの
辺境開拓!!
異世界転生してもチートなしな少年の成り上がりスローライフ!
©Iwakiyo Kamitani

転生幼女はあきらめない 5

発 行
2021年2月15日 初版第一刷発行

著 者
カヤ

発行人
長谷川 洋

発行・発売
株式会社一二三書房
〒101-0003 東京都千代田区一ツ橋2-4-3 光文恒産ビル
03-3265-1881

デザイン
Okubo

印 刷
中央精版印刷株式会社

作品の感想、ファンレターをお待ちしております。
〒101-0003 東京都千代田区一ツ橋2-4-3 光文恒産ビル
株式会社一二三書房
カヤ 先生／藻 先生

Printed in japan, ISBN 978-4-89199-693-2

※本書は小説投稿サイト「小説家になろう」（http://syosetu.com/）に
掲載された作品を加筆修正し書籍化したものです。